Syzan Crow

Affäre

... eine erotische Gelegenheit ...

SYZAN CROW

Affäre

... eine erotische Gelegenheit ...

Erotische Geschichte

IMPRESSUM

Bibliografische Information
der Deutschen Nationalbibliothek:
Die Deutsche Nationalbibliothek verzeichnet diese
Publikation in der Deutschen Nationalbibliografie;
detaillierte bibliografische Daten sind im Internet
über http://dnb.dnb.de abrufbar.

Herstellung und Verlag:
BoD – Books on Demand, Norderstedt

ISBN: 978-3-7597-5374-8

Ein besonderer Dank geht an Thomas.

EINLEITUNG

*F*rühjahr 2017 und meine Terrasse macht den gleichen traurigen Eindruck wie ich. Es ist für diese Jahreszeit sehr warm, ungewöhnlich warm. Aber das registriere ich kaum, trotzdem ich in der wärmenden Sonne sitze.

Leer und enttäuscht schaue ich auf das Display meines Handys. Es wird nicht mehr in dem für mich liebevollen Maß piepen wie früher, oder doch? Mein Gehirn und ich warten auf den piependen Ton. Ich frage mich, wann schreibt er? Schreibt er überhaupt noch mal? Mein Gehirn findet bis jetzt in seinen Ablagen keine Antwort und kann mir deshalb keine geben.

Immer wieder verfolgt mich ein Traum. Ein Traum, der eine wunderschöne Realität war. Und da sind wir wieder im Wettlauf, wir zwei, mein Gehirn und ich. Immer noch in der Achterbahn der Gefühle?

Manchmal sind Wege für einen vorgesehen, die man nicht ahnt.

KAPITEL

Eins

Das Zimmer sieht sehr trist aus, 80er-Jahre-Stil, weiße Wände, Aluminiumfenster, die in den Ecken schon trübe werden, Neonröhren. Weiße Wände, grobe, in Längsrichtung gestreifte Vorhänge in Blau-Beige verzieren diese Fenster. Eine Gardine fehlt. Obwohl sich an diesem Zimmer nichts mehr verzieren lässt. Meine Augen kann ich, aus welchem Grund auch immer, nur halb öffnen. Irgendetwas piept neben mir, sonst ist es still.

Wo bin ich?

Mein Wohnzimmer kann das nicht sein, das habe ich anders in Erinnerung, mein Schlafzimmer ist es auch nicht.

Was ist hier los?

„Guten Morgen", brüllt mir eine Stimme entgegen.

„Sie ist ja wach", geht das Gebrüll weiter. Ich komme mir vor, als stünde ich vor einer Lautsprecheranlage auf einem Konzert. Wer ist das? Und wo bin ich? Erst jetzt, als ich mich bewegen möchte, bemerke ich, dass ich einen Schlauch im Mund habe. Und langsam registriere ich, wo ich bin. Die schreiende Frau ent-puppt sich als Krankenschwester, sie hält ihren Kopf circa zwanzig Zentimeter vor mein Gesicht, grinst, freut sich. Sie sieht freundlich aus und spricht auch so. Allerdings viel zu laut. Was war mit mir passiert? Frage ich mich und beginne abzuchecken, was mit mir los ist. Also, eins nach dem anderen. Ich versuche mich zu bewegen, doch ich werde zusehends nervös. Das Piepen neben mir wird schneller.

„Nur nicht aufregen", sagt die Frau, wieder so laut. „Der Arzt kommt gleich und redet mit Ihnen."

Schön, nur, wie soll das gehen? Ich habe einen Schlauch im Mund. Ich schließe kurz die Augen, um der Frau zu signalisieren, dass ich alles verstanden habe, denn sie ist schon wieder neben meinem Ohr und brüllt hinein. Bis jetzt weiß ich zwar noch nicht, was mit mir los ist, aber eines weiß ich: Hören kann ich gut, das funktioniert. Das Piepen wird langsamer und zeigt mir, dass ich mich beruhige. Trotzdem frage ich mich und bin völlig verwirrt, warum ich hier bin. Mit meinem einstweiligen Kleindenken kehre ich zurück zu meinem Vorhaben, mich abzuchecken. Ich bin in einem Krankenhaus, habe einen Schlauch im Mund und kann meine Augen nur halb öffnen, hören kann ich aber perfekt. Ich drehe meinen Kopf, das geht zwar nicht gut, aber ich kann nach links und rechts schau-en. Okay. Gehen wir weiter runter, rechter Arm, geht, linker Arm, geht nicht. Der ist so schwer, ich kann ihn nicht bewegen. Die Hände funktionieren sogar gleich-zeitig. Immerhin etwas. Nun weiter runter, ist mein Gedanke, doch da fliegt die Tür auf, ich bemerke den

Windstoß, allerdings habe ich nicht mitbekommen, dass die Frau aus dem Zimmer gegangen ist. So laut sie auch spricht, so schleichend verlässt sie das Zimmer. Sie muss gegangen sein, als ich, zumindest bis zur Mitte, mit meinem Körper beschäftigt war.

„Ja, da ist sie ja wieder." Diesmal eine tiefe Männerstimme, nicht ganz so laut, wie die Frau, der sich ebenso in zwanzig Zentimeter Entfernung vor meinem Gesicht aufstellt. Dunkle kurze Haare, dunkler Drei-Tage-Bart. Er kommt mir freundlich entgegen. Ich schließe etwas länger die Augen, um ihm zu signalisieren, dass ich genau das, was er gerade tut, als besonders unangenehm empfinde.

„Haben Sie Schmerzen?", fragt er mich, und ich versuche, den Kopf zu schütteln. Von Schmerzen habe ich bis jetzt noch nichts bemerkt. Ich frage mich, soll ich welche haben, und wenn ja, wo?

Der Mann bemerkt mein Kopfschütteln und fragt weiter: „Sie können mich verstehen?!" Diesmal nicke ich, allerdings weiß ich nicht, ob das eine Frage oder eine Aussage ist. Die Reihenfolge seiner Fragen ergibt für mich keinen Sinn.

„Wissen Sie, wo Sie sind?", fragt er weiter. Von mir bekommt er nur ein leichtes Kopfschütteln, was bedeutete, dass ich meinen Kopf leicht von links nach rechts fallen lasse, von Schütteln kann hier wirklich nicht die Rede sein.

„Ich bin Dr. Asland. Thomas Asland. Ich habe Sie nach ihrem Unfall betreut. Können Sie sich erinnern?" Und wieder verneine ich mit meinem Kopf diese Frage. Welcher Unfall? Ich weiß von nix. Wenn die mir

11

endlich mal den Schlauch rausnehmen würden, dann könnte ich auch einige Fragen stellen, so ist das ziemlich einseitig mit der Fragerei.

„Schwester Sandra, bereiten Sie doch bitte alles vor, damit wir die Patientin von der Beatmung nehmen können", sagt er, ohne die Schwester anzuschauen, in meine Richtung und ich schließe lang und wohlwollend den kleinen Spalt meiner Augen, sodass er meine Zustimmung deuten kann. Kann dieser Arzt vielleicht Gedanken lesen? Mit viel Dankbarkeit verfolge ich, so gut ich kann, die Geschehnisse in meinem Zimmer. Dabei bemerke ich, dass noch drei weitere Männer in weißen Kitteln um mein Bett stehen. Vielleicht sind sie auch Ärzte.

Mir ist in dem Moment nur wichtig, diesen mittlerweile unangenehmen Schlauch loszuwerden. Schwester Sandra verschwindet kurz und kommt mit was auch immer wieder. Mein Bett wird ein Stück verschoben, und innerhalb von einigen Sekunden höre ich Schwester Sandra sagen: „Dann schauen wir mal." Mein Kopf wird nach hinten gehalten, und es dauert nicht lange, da sehe ich aus dem Augenwinkel ein Stück, das aussieht wie ein Schlauch, vor meinem Gesicht schweben. Allerdings kann ich den schwebenden Weg nicht weiterverfolgen, denn ein heftiger Hustenreiz überkommt mich, aber nun kann ich wieder selbstständig atmen. Ein Pluspunkt. Zu reden traue ich mich noch nicht, obwohl ich sonst nicht so ruhig bin, aber in diesem Moment, als die halbe Belegschaft in meinem Krankenzimmer steht, überkommt mich Ehrfurcht.

Ich weiß immer noch nicht, was passiert ist. Doch

so, wie ich diese Truppe einschätze, würden diese Informationen nicht lange auf sich warten lassen. Ich soll recht behalten.

Dr. Asland tritt wieder zu mir und nickt mir freundlich zu. Dieser Mann strahlt solch eine Ruhe aus, dass ich selbst ruhiger werde. Mir fällt auf, dass das Piepen neben mir nicht mehr zu hören ist. Lebe ich noch? Jemand nimmt mein rechtes Handgelenk und fühlt meinen Puls. „Es ist alles gut bei ihnen", sagte er mir. Diese kleine sanfte Berührung schießt mir durch den ganzen Körper, und ich merke, wie Tränen über mein Gesicht laufen, zeitgleich kommt dieser Jemand, der zuvor mein Handgelenk gehalten hat, mit einem Stück Zellstoff und wischt sehr sanft über mein Gesicht, wischt die Tränen weg, was dazu führt, dass ich noch intensiver zu weinen beginne. Meine Nerven versagen in diesem Moment völlig.

„Weinen Sie ruhig. Manchmal tut das gut", sagt Dr. Asland zu mir, und ich schaue ihn verschwommen an. Jetzt sehe ich noch weniger als vorher.

Er wendet sich seinen Kollegen zu und sagt: „Sie können schon weiter machen. Ich werde mich noch mit der Patientin unterhalten." Seine Anweisungen scheinen prompt zu fruchten und die anderen verlassen das Zimmer. Schwester Sandra auch. Er wartet einen kleinen Moment und dreht sich dann wieder in meine Richtung, schiebt die Bettdecke am Ende des Bettes beiseite und fragt: „Darf ich?" Ich nicke zustimmend. Er setzt sich an das Bettende und sieht mir an, dass ich mich nicht wohlfühle in meiner Liegeposition. „Möchten Sie etwas höher liegen oder sich aufsetzen?" Auch hier nicke ich vorsichtig. Mir ist es sehr peinlich, jemandem, den ich nicht kenne, solche Probleme zu bereiten. Ich bin es nicht gewohnt, dass sich so fürsorglich um mich gekümmert wird. Er steht nochmal auf, bedient auf der linken Bettseite ein paar Knöpfe und das Kopfteil meines Bettes bewegt sich mit mir. Allerdings rutsche ich runter, tiefer in das Bett. Dr. Asland lächelt mich an, nimmt mich mit einem fachmännischen Griff und setzt mich wie eine Puppe gerade in das Bett. Das allerdings sehr vorsichtig. Weicht einen Schritt zurück und setzt sich wieder ans Bettende, mir zugewandt.

„Danke", bringe ich leise hervor, was ihn anscheinend sehr freut, denn er lacht mich an und ich bin überrascht über mich selbst. Reden kann ich.

„Hey, das funktioniert doch super", meint er spontan daraufhin. „Sie wissen nichts mehr von dem Unfall? Die Polizei möchte gern mit ihnen reden."

Er bekommt von mir nur ein sehr leises Nein. Mehr als diese leisen Worte kann ich nicht reden, will ich nicht reden, denn ich bin mittlerweile vollkommen verwirrt. Ich weiß nicht, welches Datum heute ist, welche Uhrzeit und was mit mir passiert ist.

„Sie hatten einen sehr schweren Autounfall", beginnt Dr. Asland zu erzählen und Tränen laufen erneut über mein Gesicht. „Dass Sie das überlebt haben, grenzt an ein Wunder. Jetzt haben Sie einen zweiten Geburtstag."

Ich höre weinend zu. „Am fünfundzwanzigsten Februar wurden Sie abends mit sehr schweren Verletzungen hier eingeliefert und da kann man von Glück reden, dass der Motorradfahrer den Qualm unter der Brücke gesehen hat. Wir haben Sie in der Nacht noch operiert. Ich selbst war dabei und deshalb sitze ich jetzt auch hier, um Ihnen das alles zu erzählen und Ihre Fragen zu beantworten. Und machen Sie sich keine Sorgen, Sie kommen wieder auf die Beine. Wir haben Sie kernsaniert", sagt er mit einem Lächeln im Gesicht, was ihn sehr charmant erscheinen lässt. Er reicht mir ein Taschentuch aus Stoff, welches er aus seiner Kitteltasche zieht und ich nehme es mit der rechten Hand, was mir zeigt, dass diese Hand und der Arm funktionieren. Ich schlage das Taschentuch auseinander und wische mir die Tränen ab.

„Ihr linker Arm ist unterhalb der Schulter gebrochen, das linke Schienbein ist gebrochen, beides haben wir mit Metall fixiert. Das Bein wird wieder wie neu. Ihr Becken ist verstaucht, ein Wirbel ist angebrochen, einige Rippen sind gebrochen, auch das ist repariert", er lacht mich an. „Insgesamt haben wir Sie sechs Stunden operiert. Aber der Arm macht mir Sorgen. Die Rippenbrüche liegen glatt aufeinander, die sollten keine Probleme bereiten. Allerdings werden Sie lange Zeit nicht arbeiten können, Sie müssen sich schonen. Wir haben mit der Polizei gesprochen und die sagen, dass Ihr Auto vorne links aufgeschlagen ist. Deshalb haben Sie die meisten Verletzungen auch an der linken Körperseite; rechts geht fast alles, bis auf das verstauchte Becken. Übrigens, wenn Sie ein kleineres Auto gefahren wären, hätten Sie das nicht überlebt. Die lange Motorhaube und das stabile Blech an Ihrem Fahrzeug haben ihnen das Leben gerettet, so sagt die Polizei. Die wollen übrigens mit Ihnen reden, wenn es Ihnen wieder besser geht."

Während seiner Erzählung sehe ich ihn nur an, versuche ruhig zu atmen und vor allem versuche ich alle Informationen aufzunehmen, die er mir gibt. Mir fehlt der komplette Film.

„Mein Gesicht?", frage ich ganz leise.

„Ihr Gesicht wird wieder. Durch den Aufprall hat sich auf der linken Seite alles ins Fahrzeuginnere gedrückt. Sie sind mit ihrem Gesicht auf das Lenkrad aufgeschlagen und haben die Splitter der Frontscheibe abbekommen. Aber außer ein paar leichten Schnitten und Prellungen ist dort alles okay und nichts gebrochen. Gott sei Dank, bei Ihrem hübschen Gesicht."

Wer weiß, wo ich noch überall angeschlagen bin, denke ich bei mir. Mein Lächeln funktioniert nur eingeschränkt und in meinen Augen kann man, glaube ich zumindest, kein Lächeln erkennen. Ich bedanke mich bei ihm.

„Ach ja, Ihr Freund war mehrmals hier. Wir haben ihn benachrichtigt aufgrund der Notfalltelefonnummer auf Ihrem Handydisplay. Das Handy finden Sie übrigens in der Schublade vom Nachttisch, wie auch andere private Dinge. Schwester Sandra hat die Sachen für Sie dort hineingelegt. Ihr Freund hat Ihnen Kleidung gebracht und natürlich auch eine Zahnbürste. Die Blumen sind auch von ihm. Soll ich ihn anrufen und ihm sagen, dass Sie wach sind?"

Ich schüttele den Kopf, denn ich muss erst mal selbst klarkommen und begreifen, was mit mir los ist. „Danke für Ihre Hilfe", sage ich leise zu Dr. Asland.

„Wie viel Uhr ist es?"

„Heute ist der achtundzwanzigste Februar, neun Uhr abends. Kann ich noch irgendwas für Sie tun? Ich habe die komplette Nachtschicht und werde später noch einmal nach Ihnen schauen. Schwester Sandra hat Ihnen einen Kopfhörer für den Fernseher hingelegt. Und ich organisiere noch etwas zu trinken und zu essen, nur eine Kleinigkeit, falls Sie Hunger bekommen."

„Danke", sage ich wieder sehr leise. Und ich war ihm wirklich dankbar für alles. Er scheint sich zu kümmern. Das habe ich noch nie erlebt, aber so oft lag ich ja auch bisher nicht im Krankenhaus. Darüber habe ich schon viel Gruseliges gehört. Ich scheine es hier wirklich gut getroffen zu haben. Neun Uhr abends ist es jetzt und der achtundzwanzigste Februar. Ganze drei Tage habe ich nichts von der Welt mitbekommen und die Welt nichts von mir. Ob Mattis meinen Arbeitgeber benachrichtigt hat? Bestimmt. Es ist zu spät, um sich bei ihm zu melden. Er hat sich bestimmt Sorgen um mich gemacht. Wenn ich ihn jetzt anrufe oder ihm eine SMS sende, fährt er sofort zu mir und das möchte ich nicht. In den letzten Tagen habe ich genügend Menschen Arbeit gemacht. Jetzt muss ich wieder auf die Beine kommen. Morgen früh werde ich mich bei Mattis melden, ihn anrufen und ihm sagen, dass ich ok bin.

Mir schießen gerade so viel Gedanken durch den Kopf, was wohl mit meinem alten Auto ist, ob es noch zu retten ist? Wo ist mein Hund und was will die Polizei von mir und überhaupt, was wird jetzt aus mir, habe ich meinen Job noch? Aber dafür ist morgen noch genug Zeit, mir Gedanken zu machen. Die

Müdigkeit überkommt mich und ich schließe die Augen und schlafe ein und träume:

Es ist dunkel und wir sind verabredet. Auf dem Platz scheint nur eine schummrige Laterne; das Licht unter dem Vordach leuchtet gerade so hell, dass ich dich schemenhaft erkennen kann, als ich aus dem Auto steige.

Es ist kühl, aber du bist verschwitzt, was mich komplett anmacht, deine Kleidung staubig und zerrissen. Als ich auf dich zukomme, siehst du den langen schwarzen Mantel fliegen, die Bluse darunter ist schon halb offen, BH fehlt, der lange Rock schwingt mit dem Mantel, Höschen aus Versehen vergessen. Deine Augen laufen über und ich sehe deine Arbeitshose, im sanften Licht zeichnet sich dein Freund ab. Hart, geil, willig.

Er zuckt, ich kann das ganz genau sehen, als ich näherkomme. Vorfreude. Auf ein geiles Abenteuer. Du hauchst ein leises ‚N'abend', ich kann vor Gier kaum atmen, jetzt schon schwer und rhythmisch, als stecke dein bestes Stück bereits in mir. Ohne Worte, weil du mich küsst, öffne ich eilig deine Arbeitshose und dein Prachtstück springt mir entgegen. Ich drehe mich um, mit dem Rücken zu dir. Du greifst meine Haare, reißt meinen Kopf nach hinten, für Zärtlichkeiten bleibt keine Zeit. Mittlerweile hast du bemerkt, dass ich kein Höschen trage.

Deine Finger dringen in mich ein, doch das reicht mir nicht, mein Po reibt ununterbrochen an deinem starken Freund ... ich muss ihn haben ... jetzt ... JETZT ...

KAPITEL
Zwei

ZWEI JAHRE ZUVOR

*D*as Handy piept, er ist in der Leitung. Mein Herz pocht; wir schreiben unermüdlich, offen, ehrlich (glaube ich), aber auch mit langen Pausen zwischendurch. Denn er ist verheiratet, hat drei Kinder, einen Job, einen Nebenjob, ein Haus, eine Frau, einen Hund. Und genau in der Reihenfolge muss man das anordnen. Aber bei all dem vergisst er sich selbst.

Für seinen Job und Familie würde er alles tun, arbeitet sich den Arsch aus der Hose, indem er noch einen Minijob dazu nimmt, damit er das Haus bezahlen kann und um seiner Familie viele Annehmlichkeiten zu ermöglichen.

Er ist nett, ein sympathischer Mann mit zwei Problemen. Eine eifersüchtige Ehefrau und wenig bis gar keinen Sex. Ein Mann mit zweiunddreißig Jahren braucht ein ausgewogenes Sexleben, was seine Frau ihm verwehrt; nachdem sie das erste Kind geboren hat, ging die Sexsparsamkeit los. Jetzt fragt man sich, wie sind Kinder Nummer zwei und drei entstanden? Nun, gelegentlich hat sich seine Frau bereiterklärt, ES über sich ergehen zu lassen, einmal im Monat, des lieben Friedens willen. Mann zufrieden oder auch nicht, Frau ebenso. So entstanden die beiden Kinder.

Frauen sind sehr unterschiedlich. Seine Frau sieht das Thema Sex als notwendiges Übel. So hat er mir das erzählt. Beide aber lieben ihre Kinder aufrichtig, nur bei ihm stehen viele Sex-Fantasien quer im Kopf. Begünstigt durch Kollegen, die mit ihren erlebten oder auch nicht erlebten Erfahrungen prahlen, begünstigt durch das Internet, Pornos allzeit abrufbar in verschiedener Art und Weise. Er ist mehr als unzufrieden mit seinem Sexleben, das erfuhr ich irgendwann per SMS. Leider beschränkt sich unsere gemeinsame Zeit meistens auf SMS-Schreiberei.

Im Jahr 2015 gibt es den ersten Kontakt zwischen uns. Zu dieser Zeit arbeite ich in einer Tankstelle und eines Morgens betritt ein charmanter, hübscher, junger Mann den Tankshop. Er hat sein Frühstück vergessen, steht vor der kleinen Theke in unserem Tankshop und ist sich nicht sicher, was er frühstücken möchte. In seinem Gesicht und in seinen Augen sehe ich Ratlosigkeit. Sehr höflich, wie ich immer bin, frage ich ihn: „Was darf es Leckeres sein?“ Er schaut zu mir und in seinen strahlenden blauen Augen versinke ich, wie in einem Meer. Diese Augen schlagen Wellen, sie treffen mich wie ein Schlag. Sie dringen zu mir durch, in mich rein, mein Gehirn fährt Achterbahn – mein Herz auch.

Viele Männer kommen täglich in meiner Schicht zur Tanke. Viele sehen mich gar nicht. Gedankenverloren, mit Problemen beschäftigt, gerade in Scheidung lebend, in Traumwelten versunken. So meine Annahmen. Das ist das Los einer Verkäuferin. Unsichtbar für andere oder der Fußabtreter für schlecht gelaunte Kunden. Dieser Mann ist allerdings anders. Ganz anders, denn er sieht mich an. Einen Tick zu lange für mein Gefühl, aber es tut so gut. Diese Wärme, die durch mich fließt, hat lange kein anderer Mann so intensiv in mir ausgelöst. Nur er und das ganz spontan.

Jetzt steht er da und rätselt immer noch, welches Frühstück er möchte. Er sagt nur: „Ja". Als Verkäuferin oder Tankstellenleitung, die ich damals war, soll ich ihm einen Vorschlag unterbreiten. Gezieltes Verkaufen sagt unsere Bezirksleitung dazu.

Aber, was sich in diesen wenigen Sekunden in meinem Körper abspielt, kann keine Bezirksleitung in ihr Verkaufsstrategie-Training einbauen und lehren. Wenn ich heute, zwei Jahre später, darüber nachdenke, ich habe mich in diesen Sekunden in den jungen Typ verliebt.

So steht er vor mir, groß, knapp zwei Meter, gut gebaut, in Arbeitskleidung, Karohemd, Warnweste darüber, Arbeitshose mit neonfarbenen Nähten, gepolsterte hohe Arbeitsschuhe, die völlig mit Dreck bedeckt sind, die Haare dunkel und kurz, nach hinten gegelt, keine Brille, Drei-Tage-Bart. Mit seinen leuchtend blauen Augen zu mir schauend und dann auch noch dieses leicht verschmitzte Lächeln.

„Können Sie noch andere Brötchen belegen?"

Bitte was? Meine Gedanken sind doch immer noch bei der Betrachtung seines Äußeren.

„Aber klar", antworte ich mit leichter Schnappatmung. „Was hätten Sie denn gerne?"

Laut unserer Bezirksleitung sollen wir unsere Kunden immer zu dem hinführen, was den meisten Umsatz bringt. Teure Backwaren und teuren Kaffee anbieten und natürlich auch verkaufen. Das funktioniert aber gerade nicht, mit meinem Schüttelhirn auf Achterbahnfahrt.

„Habt Ihr Kochschinken da?", ist seine Frage, ohne den Blick von mir zu nehmen.

„Ja", ist meine knappe Antwort. Ich konnte nirgendwo anders hinschauen als in seine Augen. Später erzählte er mir, dass auch er nicht wegschauen konnte.

„Dann bitte zwei Brötchen mit Kochschinken." Irgendwie habe ich das Gefühl, ich bewege mich in Zeitlupe, als ich die Brötchen zubereite. Zwei belegte Brötchen sind doch kein Hexenwerk. Für mich fühlt es sich so an, als wäre das eine meiner größten Prüfungen. Völlig übertrieben in meinen Gedanken. Nach ein paar Sekunden, für mich eine gefühlte Ewigkeit, habe ich es endlich geschafft, diese Brötchen zu belegen, packe sie in eine Tüte, lege sie auf die Theke und muss nur noch kassieren. Da schießt ein Gedanke in meinen Kopf: Wenn ich ihm jetzt Geld abnehme, ist der weg. Mein Gehirn schlägt Alarm. Ich kann seinen Firmenwagen nicht genau erkennen, irgendetwas Grünes, ein Firmenname oder Logo; er steht zu weit weg. Gleich, wenn er fährt, kann ich es besser sehen. Aber was ist, wenn er rückwärtsfährt, dann sehe ich gar nichts aus dem Fenster neben dem Kassenbereich.

Dilemma hoch drei. Zu meinem bereits wuschigen Gehirn kommt nun auch noch diese aktuell absolut wichtige Frage nach seinem Auto. In einer

Millisekunde sagt mir mein Gehirn, dann ist das so, wenn du es verpasst.

„4,50 € bitte", sind meine Worte nach all der Nachdenkerei über das Auto. Der junge Mann kramt in seinem Portemonnaie. Eine Geldbörse, die er bestimmt schon einige Jahre besitzt, ausgefranstes, abgegriffenes Leder, vielleicht mal in schwarzer Farbe, die mittlerweile braun aussieht. Männern ist das egal. Hauptsache, das Teil funktioniert. Männer haben ohnehin andere Werte als Frauen.

Frauen kommen zur Tanke, manche können nicht tanken, machen das zum ersten Mal. Öl nachschauen, alles, was mit dem Auto zu tun hat. Aber meinen, sie können alles. Stimmt nicht so ganz. Ich selbst liebe Autos, nicht alles weiß ich, aber ich habe mir in der Vergangenheit schon oft selbst geholfen. Vor allem in einer vergangenen Beziehung. Mein Lebensgefährte war Automechaniker und ich durfte die Scheibenwischer oder die Sommerräder wechseln. Finde den Fehler.

Irgendwann im Laufe der zwei gemeinsamen SMS-Jahre erfahre ich, dass der hübsche Mann in der Tankstelle nichts von Autos versteht.

„Ich habe es nicht kleiner", antwortet er und legt einen fünfzig Euro Schein auf das Geldtablett.

Ein böser Gedanke einer Verkäuferin in solch einem Moment: Ist klar, es war ja auch der Erste, ab dem Zweiundzwanzigsten im Monat kommt ihr nur noch mit Kleingeld. Nicht so bei ihm, nein, er ist da anders. Meine Gedanken kreisen schon wieder. Was ist mit mir los?

„Macht nichts, zur Not reißen wir ihn durch". Ein kleiner Scherz, ein Insider unter Verkäuferinnen. Er versteht ihn allerdings nicht, lächelte aber höflich. Das Wechselgeld lege ich in seine Hand, eine leichte Berührung, seine Finger an meinen, wie ein Stromstoß. Darf ich meine Hand dort länger lassen? Sieht er das genauso wie ich? Ist das zufällig oder Absicht?

Mein Gehirn hat in den letzten Wochen, Monaten oder Jahren nicht mehr ein solches Durcheinander veranstaltet, wie mit diesem charmanten Mann. Ob andere mir das ansehen? Nein, niemand kennt meine Gedanken.

Ein weiterer Kunde betritt den Tankshop. Ich grüße nur kurz. Mein Hirn ist nicht bereit für einen weiteren Kunden. Nein, es möchte bei ihm verweilen, nur kurz, nur noch ein Weilchen, denn er hat schon bezahlt, gleich ist er verschwunden. Und dann?

Er nimmt das Wechselgeld, packt es in seine Geldbörse, nimmt seine Tüte und dreht sich um. „Tschüss, schönen Tag". Ich bin sprachlos. Hat er nicht bemerkt, wie toll ich ihn finde? Dass ich Schnappatmung hatte? Dass unsere Blicke lange zusammen schwebten? Er geht einfach. Das Gefühl, wenn das Gehirn zusammenfällt, kannte ich bislang nicht, jetzt schon. Es fällt zusammen und ich kann mich nicht auf den nächsten Kunden konzentrieren. Er möchte nur eine Schachtel Zigaretten. Leichte Übung und dann bitte sofort raus.

Mein Kopf muss sich weiter auf den jungen Mann konzentrieren. Wo ist er denn? Sein Auto steht noch auf dem Tankstellengelände. Ich sehe ihn nicht. Der Zigarettenkunde geht. Gut, dass er keine Gedanken lesen kann.

Meine Gesichtszüge fallen nach und nach in den Keller, wo mein Hirn schon seit ein paar Sekunden verweilt. Wo ist er? Warum fährt er nicht? Die Tankstellentür schiebt sich auf. Ich kann das schon an dem Geräusch erkennen, welches die beiden Flügel der Tür beim automatischen Auf- und Zuschieben auf dem Teppichboden hinterlassen.

Er ist es. Noch einmal? Was hat er vergessen?

Meine Gesichtszüge und mein Gehirn haben sich verabredet und feiern diesen Moment. ER ist wieder da. Nach drei Minuten. Was will er?

„Ich habe noch etwas vergessen", sagte er leise, schaut mich an, grinst und reicht mir einen kleinen weißen Zettel, den er zusammengefaltet hat. Grinst weiter und geht. Nervös öffne ich ihn. Auf dem Zettel steht eine Handynummer. Kein Name. Er ist zu schnell weg, ich kann ihn nicht mehr fragen. Meine Gesichtszüge sind festgefroren, ich habe nicht einmal -danke- gesagt.

Alles in mir freut sich, aber ich kann es nicht umsetzen. Ein paar Minuten nehme ich mir Zeit, um mich zu sortieren; es muss in der Tankstelle weitergehen, meine Schicht endet erst um vierzehn Uhr, aber er hat mich bemerkt.

Völlig verpeilt und verpennt, schaue ich auf die Uhr an meinem Handy. Kurz nach siebzehn Uhr. Oh Mann, so spät schon wieder. Die Kaffeemaschine ist nicht weit entfernt und der Kaffee ist in zwei Minuten zubereitet. Ich atme ein wenig auf und werde wach.

An den Nachmittagen habe ich es mir zur Angewohnheit gemacht, mich circa zwei Stunden auf mein gemütliches Sofa zu legen. Das ist zwar etwas für ältere Herrschaften, so wird allgemein gesagt, aber es tut mir gut. Vorher war ich mit meiner Hundedame draußen.

Der kleine weiße Zettel von heute Morgen liegt auf meinem Küchentisch und ich lese wieder und wieder diese Nummer. Wer ist er wohl? Wie ist er? Wo kommt er her? Er sah in der Tankstelle sehr jung aus. Ich habe ihn noch genau vor Augen, mit seinem Drei-Tage-Bart und den chic gestylten, kurzen Haaren. Ich bin so neugierig, aber auch scheu. Scheu und vorsichtig, mich jemandem anzuvertrauen. Aber ich gebe doch nur meine Handynummer heraus, mehr nicht. Ich entscheide doch, was ich preisgebe und was nicht. Ich zögere.

Die Nummer zu speichern ist ja nicht schlimm. Mit welchem Namen soll ich sie speichern? Diese Aufgabe scheint für mich kompliziert, denn ich weiß seinen Namen nicht. Mein Hirn gibt mir einen entscheidenden Hinweis: mit dem Namen Mr. Unbekannt, das passt. Ich höre auf mich selbst und beginne zu tippen. Welch Aufregung sich bei diesem kleinen Tun breit macht. Es dauert gefühlt eine Ewigkeit, bis ich die wenigen Buchstaben Mr. Unbekannt mit der Telefonnummer eingetippt habe, bis für mich alles passt, Schriftgröße, Schriftart. Dann fragt mich dieses Telefon auch noch, welche Gruppe? Familie, Privat, Arbeit, Handy. War das bei den anderen Telefonnummern auch so? Ich versuche mich zu erinnern. Kann das aber rasch beantworten – nein. Die anderen Telefonnummern waren ja auch nicht so anregend wie diese hier. Endlich ist das Geschreibsel fertig und mittlerweile ist es siebzehn Uhr dreißig. Soll ich jetzt noch schreiben? Was soll ich schreiben? Störe ich vielleicht in diesem Moment?

Mein Gehirn hält mich für doof. Warum nicht einfach eine kleine Nachricht, in der ich mich freundlich bedanke und ein Hallo sende. Daran kann nichts falsch sein.

Wie rede ich ihn an? Nächstes Problem. Verschiebe ich es besser auf morgen?

Nein. Jetzt.

Ich tippe:

> Hallo Mr. Unbekannt. Vielen Dank für deinen Zettel. Wie darf ich dich anreden? Liebe Grüße von Lydia.

Es dauert keine zwei Minuten und mein Handy piept:

> Ein freundliches Hallo zurück. Tristan.

Das war ja einfach. Er heißt Tristan und ist freundlich.

Das Handy piept, aber es ist nicht Tristan, sondern Mattis, mein Lebensgefährte oder so ähnlich. Manchmal frage ich mich, was wir führen? Eine Beziehung? Eine Affäre? Oder nur mal den netten Fick zwischendurch? Ich weiß es nicht. Mattis begleitet mich schon seit einiger Zeit. Gemeinsamkeiten haben wir keine, weder Musik noch sonst irgendetwas. Was hält mich bei ihm? Ich habe keine Ahnung.

Mattis und ich trafen uns vor vier Jahren in einem Café. Er rempelte mich an, entschuldigte sich höflich und fragte, als Wiedergutmachung, dass er mir bei dem Rempler auf den Fuß getreten ist, ob er mich hier zum Kaffee einladen dürfe. Ich fühlte mich geschmeichelt, dass es noch Menschen der alten Schule gibt. Ich willigte ein und wir saßen und tranken Kaffee; er nahm Cappuccino. Mir reichte Kaffee mit etwas Milch. Ich bin so erzogen worden, dass ich mir niemals das Teuerste aussuche und bestelle, obwohl zwischen Kaffee und Cappuccino kaum noch Unterschiede sind.

Die Unterhaltung war nett, Mattis wirkte unkompliziert. Geschieden, acht Jahre älter als ich, ein erwachsener Sohn. Mattis ist selbstständig. Das Alter war nicht wichtig, entscheidend war das, was man daraus macht. Wir leben in zwei Wohnungen; obwohl ich schon lange bei ihm wohnen könnte, habe ich es bisher abgelehnt. Mattis hat mehrere Probleme, zum einen der enorm hohe Alkoholkonsum und das jeden Tag. An den Wochenenden ist es sehr ausgeprägt und ich sehe ihm morgens an, wie viel er abends getrunken hat. Schlimm. Eines seiner anderen Probleme war, dass er immer recht haben musste und keine anderen Meinungen akzeptiert, obwohl das Gegenteil bewiesen ist. Anstrengend, mit jemandem zusammen zu sein, bei dem andere quasi gar nicht existieren.

Die Distanz ist somit gut, was sich für mich im Nachhinein herausstellte. Er lebt für seine Firma und für seinen Sohn, der ihm regelmäßig das Geld aus der Tasche zieht. Mit vielem, was er privat macht, komme ich nicht klar. Der Sex ist gut, aber Standard. Vielleicht war es einfach die Tatsache, nicht alleine zu sein. Der finanzielle Aspekt ist es nicht, denn ich lebe schon lange alleine, genauer, seit meinem achtzehnten Lebensjahr und habe immer für mich selbst gesorgt. Männer kamen und gingen, einer blieb für einige Jahre. Daniel, Crissis Vater.

Damals hätte ich bei Daniel bleiben sollen, denn wir verstanden uns gut, doch ich meinte irgendwann einmal, dass mir Daniels Welt zu klein ist, es noch mehr geben muss als seine kleine Welt. Das war ein Fehler, den ich aber erst bemerkte, nachdem ich lange ausgezogen und wir geschieden waren. Crissi ist unsere Gemeinsamkeit, aber für Daniel gab es keinen Weg zurück in mein Leben, denn er lebte mittlerweile mit einer anderen Frau zusammen, einer ehemaligen Nachbarin. Na ja, wo die Liebe hinfällt. Sie haben vor einiger Zeit geheiratet und leben anscheinend glücklich, wie ich gehört habe. Allerdings sieht man sie nie zusammen, z. B. auf einer Veranstaltung oder ähnlichem. Dort erscheint er immer nur alleine. War das seine Erfüllung? Ich traute mich nie, ihn zu fragen, denn wenn wir uns trafen, gehen die Gespräche nur in Richtung Small Talk und Crissi. Wir treffen uns so selten.

Fünf

Mein Handy piept, es ist Tristan. Ein Tag nach der Zettelübergabe. Er hat mich anscheinend in seinem Handy gespeichert, denn ich kann sein Profilbild sehen. Morgens um kurz nach sieben schickt er mir ein freundliches -guten Morgen-. Fragt, ob ich gut geschlafen habe, wie es mir geht, und beendet alles mit lieben Grüßen, ohne Namen.

Meine Antwort fällt genauso freundlich aus, wie seine Mitteilung. Und an diesem Tag haben wir ohne Pause von morgens zehn nach sieben bis spätabends gesimst. Die nächsten Tage verliefen genauso. Simserei von früh bis spät.

Hierbei erfahre ich sehr viel von ihm, dass er verheiratet ist, mit dem ein oder anderen Problem, welche er nicht näher beschreibt und dass er Sex sucht. Sein Alter erzählt er mir ebenfalls.

Neunzehn Jahre jünger als ich. Oje, mein erster Gedanke ist: zu jung. Was sich im Laufe der Zeit auch bestätigt. Aber reizvoll. Einen so viel jüngeren Freund hatte ich noch nie. Soll ich das oder ihn wirklich ausprobieren? Gegen Sex habe ich nichts, an einer Beziehung war ich nicht interessiert. So etwas Ähnliches habe ich ja... oder nicht...?

Neunzehn Jahre, du meine Güte. Aber habe ich was zu verlieren? Mein Gehirn muss echt arbeiten. Wie soll das gehen? Er ist verheiratet. Eines weiß ich, ich möchte keinen Stress mit irgendeiner wildgewordenen Ehefrau. Genau dieses Problem hatte ich in der Vergangenheit schon einmal.

1995 lernte ich Mike kennen. Er trainierte, wie ich, in einem Fitnessstudio im Nachbarort. Mike war groß, mindestens 1,95 m, sehr breit gebaut, Bodybuilder halt, dunkelblond und nett. Einfach nur nett. Ein attraktiver Mann, damals wie heute. Immer wieder half er mir im Studio bei einigen Übungen, ging mir zur Hand, wenn es schwer wurde. Wir tranken nach dem Training oft noch Kaffee, aber alles auf freundschaftlicher Ebene. Mike war echt nett. Irgendwann erzählte er mir, dass er eine Freundin hat. Das interessierte mich überhaupt nicht, denn ich schätzte Mike immer als lieben Bekannten, mehr nicht. Im selben Jahre stand für ihn wieder der Weihnachtsbaumverkauf an. Seit circa drei Jahren verdiente sich Mike zu seinem Job noch etwas als Saisonarbeiter dazu, indem er Weihnachtsbäume verkauft. An einem Stand in Süddeutschland war er diesmal eingeteilt. Er erzählte mir davon und auch wie viel er in den fünf Wochen verdienen würde und dass er das Geld extra beiseitelegt für den nächsten Urlaub mit seiner Freundin.

Lange hatte ich schon keinen Urlaub mehr gemacht und so schossen die Worte nur spontan aus mir heraus, dass ich mitkomme. Ein paar Tage raus aus meinem Alltagstrott. Gesagt, getan. Und so bat ich Mike, in der Pension, in der er einquartiert ist, nach einem Zimmer zu fragen. Ich wollte nicht bei ihm schlafen, obwohl das für ihn und mich kein Problem gewesen wäre. Damals gab es nur normale Handys, keine Smartphones. Er schickte mir per SMS eine kurze Bestätigung, dass er ein Zimmer für mich reserviert hat. Vier Tage nach seiner Ankunft konnte ich anreisen. Perfekt.

Einen Tag später klingelte mein Handy mit einer mir unbekannten Nummer. Eine weibliche Stimme schrie in den Hörer: Ich solle ihren Mann in Ruhe lassen, was das eigentlich sollte, in derselben Pension zu übernachten. Das Geschrei wurde untermalt von Tränen, Beschimpfungen, Stottern und noch mehr Gebrüll, sodass ich keine Chance bekam, auch nur einen kleinen Satz zu sagen – also hörte ich zu, ich hatte Zeit. Die Stimme wurde mal lauter, mal leiser, bis sie irgendwann verstummte. Mittlerweile hatte auch ich herausgehört, wen ich da am Telefon hatte. Die Freundin von Mike. Aber all meine ruhigen Erklärungen, ihr die Geschichte klarzumachen, scheiterten. Sie hörte mir nicht zu. Nach weiteren wilden Ausdrücken der Verzweiflung und Wut legte sie auf.

Mikes Freundin hatte in seinem Handy geschnüffelt und durch Zufall oder gezielte Suche unsere Simserei gefunden, sich ihren eigenen Reim darauf gebildet und mich kurzerhand angerufen... ja, warum hat sie mich angerufen? Es interessierte mich nach kurzer Zeit immer weniger und ich beschloss nicht mehr darüber nachzudenken. Mike rief ich am nächsten Tag an.

Er war in seiner Werkstatt und ich wusste, dort konnte er ungestört telefonieren. Meine Mitteilung, dass er mein Zimmer wieder stornieren kann, ich die Stornogebühren übernehme, traf ihn wie ein Schlag. Er verstand nichts. Nach einigen Minuten meiner Erklärung war er sehr sauer darüber, denn seine Freundin hatte ihm natürlich nicht erzählt, dass sie mich angerufen hat. Die Beschimpfungen habe ich absichtlich in meinen Erklärungen weggelassen. Sie sind heute noch zusammen und mein Kontakt zu Mike beschränkt sich im Studio auf Small Talk und auf kurze grüßende Zeichen im vorbeifahrenden Auto. So verliert man einen lieben Bekannten.

$\mathcal{D}$as Handy piept, es ist Tristan. Pünktlich am Morgen mit freundlicher Begrüßung. Mittlerweile hält unsere SMS-Affäre schon einige Wochen. Sie besteht aus erotischen Texten, Bildern aus dem Netz, nicht von mir, die oft pornografisch sind und immer wieder die Betonung seinerseits darauf, dass wir vorsichtig sein müssen. Meine Handynummer hat er auswendig gelernt und so piept er mich jeden Morgen circa sieben Uhr an. Sein Profilbild kann ich nicht mehr sehen. Um diese Zeit ist sein Arbeitsbeginn und er kann ohne Kontrolle simsen. Na ja, nicht ganz ohne Kontrolle. Wenn er mir schreibt, zeigt sich im Display -online-. Online bedeutet, dass er irgendjemandem etwas schreibt. Er ist oft online, kann man sehen oder besser, kann ich ja sehen. Wem schreibt er, wenn er mir nicht schreibt? Und wieder meldet sich mein Gehirn und verzweifelt bei der Frage, wem er wohl jetzt aktuell schreibt. Es eröffnen sich mir Gedanken, ob er noch mehrere solcher Affären hat. Tristan ist oft online. Warum schaue ich da eigentlich

ständig nach? Eifersucht? Kontrolle? Oh mein Gott...
Stalking? Ich beruhige mich selbst und mein Gehirn,
verneine meine eigene Frage. Ich bin kein Stalker. Soll
er doch machen, was er will. Als Affäre habe ich kein
Recht, irgendwelche Ansprüche zu erheben. Klingt wie
bei Gericht. Ich bin nur eine SMS-Affäre, mehr nicht.
Getroffen habe ich ihn ja bis jetzt nicht.

Mein Handy piept erneut.

„Wo bist du?", schreibt Tristan.

„Ich tanke gerade mein Auto, hab heute frei", tippe
ich innerhalb von Sekunden.

„Ich komme!" Dass jemand so schnell tippen kann;
ich kann das nicht. Vielleicht lerne ich das ja noch.

„Warte!", schickt er zwei Sekunden später hinterher.

Tristan weiß, wo ich tanke, natürlich da, wo ich
arbeite. Arbeitsplatzerhaltung, hat mein Chef dazu gesagt. Der Parkstreifen am Rand der Tankstelle liegt in
der Sonne und so bin ich vom Tankplatz weg zu den
Parkboxen gefahren. Tristan möchte mich sehen. Mein
Herz tanzt, mein Gehirn feiert, aber ich versuche ruhig
zu bleiben. Einen Spiegel, ich brauche einen Spiegel,
ich muss mich checken, der Innenspiegel muss reichen,
Make-up ok, Haare gut, an der Bluse öffne ich noch
einen Knopf, besser ist das.

Tristan scheint ja nicht weit weg zu sein. Hoffentlich denkt er nicht, dass ich ewig warte. Heute habe
ich frei und einiges geplant, was ich noch erledigen
muss. Er schreibt allerdings nicht, wann er kommt.

Irgendwann in unseren Schreibereien erzählte er
mir, dass er beim Garten- und Landschaftsbau arbeitet
und dort die Logistikabteilung leitet. Wenn er nun von

der Zentrale losfährt, dauert es ungefähr zehn Minuten, zu mir, zu dieser Tankstelle. Vier Minuten sind schon vorbei, ich habe auf die Uhr gesehen. Es ist unglaublich, wie sehr die Umgebung mit diesem wohligen Gefühl des Wartens verschwimmt. Ich hätte auch stundenlang auf ihn gewartet. Immerhin ist es jetzt das erste Mal, dass wir uns wiedersehen. In der ganzen Zeit kam er in meiner Schicht nicht mehr zur Tankstelle, obwohl ich mein Auto so parke, dass er es sehen muss, wenn er vorbeifährt und an mich denkt. Acht Minuten sind vorbei und ich werde nervös. Gefalle ich ihm überhaupt? Er hat sich nie dazu geäußert, dass ich neunzehn Jahre älter bin, ich mich aber auch nicht. Wir werden es sehen, was wir gleich alles bereden können. Ich freue mich so sehr auf ihn.

Er kommt. Das grüne Auto fährt neben meines, die Scheibe der Fahrerseite geht runter. „Fahr hinter mir her", ruft er mir zu. Scheibe wieder hoch, meine Antwort hat er gar nicht abgewartet. Ich starte den Motor an meinem Auto, drehe und fahre ihm nach. Zwei Straßen weiter, an einer Baustelle, halten wir an. Ich parke hinter seinem Firmenwagen, steige aus und mein Gehirn feiert und tanzt.

„Guten Morgen", sage ich leise, obwohl wir das schon hatten.

„Guten Morgen", haucht Tristan.

Seine Stimme, eine melodische Harmonie von tiefen Tönen, die in meinem Ohr stecken bleibt.

Meine Neugier siegt: „Warum treffen wir uns hier?"

„Weil ich dann sagen kann, falls meine Frau vorbeifährt, dass ich die Baustelle kontrollieren musste und du zufällig angehalten hast", antwortet er mir mit einem sanften Lächeln. „Aber ich habe nicht viel Zeit. Muss gleich noch zu einer Baustelle im Nachbarort."

Meine Gesichtszüge verlieren schlagartig ihre Stabilität. Warum war ich mit ihm dorthin gefahren? Um mich mit ihm zu treffen, mit ihm zu reden, unser erstes Date. Und er hat keine Zeit. Ich nehme mir fest vor, dass mir das nicht noch einmal passiert. Meine Zeit ist auch wertvoll.

Ist sie das wirklich?

Wir reden über belanglose Dinge. Mich interessiert, was ihn dazu bewegt hat, mir den Zettel zu geben. Er erklärt, dass er reife, ältere Frauen mag. Mehrzahl... wie viele hat er denn und in meinem Gehirn startete ein Zellenauflauf. Weiter erzählt er, dass er verheiratet ist, was er mir schon geschrieben hat, und seine Frau bloß nichts von uns erfahren darf, sonst wäre er tot. Er wäre tot. Warum? Wird sie ihn umbringen? Die beiden haben drei Kinder, sie wird ihn nicht töten. Ich bemerke seine Unruhe, er tappt von einem Fuß auf den anderen. Immer wieder schaut er zur Straße, welches Auto vorbeifährt. Erwartet er hier zu diesem Zeitpunkt wirklich seine Frau, die genau jetzt hier vorbeifährt? Ich bin enttäuscht, zum einen von der Tatsache der wenigen Zeit, zum anderen habe ich mich wirklich auf dieses spontane Treffen gefreut. Für ihn scheint das nur ein Abchecken zu sein, ob ich in sein Beuteschema passe. So kommt es mir vor. Ich frage mich noch am Treffpunkt, ob er das, wie mit mir, öfter macht. Leider habe ich darauf nie eine Antwort erhalten. Und werde wahrscheinlich auch nie eine Antwort erhalten.

Das Treffen ist innerhalb von fünfzehn Minuten erledigt. Fünfzehn Minuten, die mir so guttaten und auch wieder nicht. Er gab mir Komplimente, dass ich gut aussehe für mein Alter. Natürlich sehe ich gut aus. Ich tue ja auch alles dafür, jung und attraktiv zu bleiben. Die Konkurrenz schläft nicht und ich möchte auch nicht als alte Jungfer sterben, noch ein wenig Spaß im Leben haben, sexuell natürlich.

Nach diesen fünfzehn Minuten sitze ich nun wieder in meinem Auto, Tristan ist schon gefahren. Und mein Gehirn fragt mich allen Ernstes, was das jetzt war. Ich finde keine Antwort darauf. Wenn man diese Geschichte im Nachhinein betrachtet, hätte ich an diesem Punkt schon einen Schlussstrich ziehen müssen, doch ich war zu neugierig, was denn noch alles kommt. Vor allem war ich neugierig, wie Tristan im Bett ist. Sehr sogar.

Mein Handy piept fünf Minuten, nachdem Tristan gefahren ist. SMS von Tristan. Der Inhalt lässt mein Gehirn wieder tanzen, meine Mundwinkel heben sich nach oben und meine Augen strahlen. Tristan findet mich toll, wie ich mich kleide, wie ich mich bewege, wie ich rede, wie ich ihn anschaue, er mag mein Parfum, und dann lese ich: Ich will dich.

Wie, er will mich ... Ich kann gerade nicht denken. Hat er das alles in diesen paar Minuten herausgefunden, dass ich toll bin. Ja, ich bin toll, nicht eifersüchtig, modisch gekleidet, wohlriechend, intelligent, fein in meinen Bewegungen, habe Stil und Manieren. Ich bin schließlich einundfünfzig Jahre jung und wenn ich in diesen Jahren nicht gelernt habe, mich hervorragend zu verkaufen, dann habe ich jahrelang etwas falsch gemacht.

Zum Abschied habe ich ihn umarmt, einfach nur freundschaftlich umarmt, die restliche Zeit haben wir zwei Meter auseinander gestanden und ich hatte das Gefühl, dass ihm die Umarmung nicht recht ist, er wirkte steif und unbeholfen. Und jetzt schreibt er solch eine SMS. Vielleicht ist es genau das, was uns unterscheidet, neunzehn Jahre Altersunterschied. Ich habe gelernt, im Laufe der Jahre und nach einigen Pleiten in puncto Beziehung, vorsichtig zu sein und nicht vorschnell zu urteilen. Tristan hingegen ist spontan und genau das zeigt diese SMS. Solch erfrischende Art kommt sympathisch, aber auch unangenehm bei mir an. Er hat es geschafft, innerhalb von fünf Minuten über mich nachzudenken und dann auch noch diese SMS zu tippen und das alles noch während der Autofahrt. Unglaublich.

Diese schnelle Tipperei werde ich wohl nie lernen. Ich bin froh, dass ich mein Smartphone einigermaßen bedienen kann. Das junge Volk wächst damit auf und es gibt mir das Gefühl, alt zu sein. In meiner Vergangenheit gab es noch Telefone mit Wählscheibe und Briefe, keine SMS. Egal, mein Gehirn verfällt gelegentlich in die Vergangenheit, was ich aber genieße, denn in meiner Vergangenheit war alles etwas langsamer als heute, alles etwas entschleunigt. Dennoch profitiere auch ich von der modernen und schnellen Art, kurz mal eben meine Meinung oder Informationen per SMS zu verbreiten.

„Was willst du genau?", tippe ich in mein Handy, während ich immer noch mit meinem Auto am Treffpunkt stehe.

„Ich will dich. Treffen. Schick Bilder", kommt dreißig Sekunden später.

Jetzt muss ich alle Gedanken zusammen sammeln. Mein Gehirn weiß sofort, dass er mit mir schlafen möchte, aber ich lese das nicht so. Tristan beabsichtigt, sich mit mir zu treffen, aber wo. Dann soll ich Bilder schicken, welche Bilder? Ich verstehe nur Bahnhof.

So etwas habe ich bis jetzt nicht erlebt. In meiner Welt geht ein Paar, das sich gerade kennengelernt hat, abends etwas essen, oder Kaffee trinken, lange Gespräche, vielleicht noch einige Treffen darauf, aber man springt doch nicht sofort in die Kiste. Vor allem, in welche Kiste? Bei ihm zu Hause wird das bestimmt nichts, bei mir wäre das möglich, aber dann stelle ich mir die Frage: Will ich das bei mir zu Hause?

„Schick Bilder", sendet Tristan erneut.

„Welche Bilder?", frage ich etwas hilflos. Und ich schreibe noch dazu „Was meinst du mit Treffen?"

„Bilder von dir. Geile", zwanzig Sekunden später.

Ich stehe immer noch an derselben Stelle und bin etwas sprachlos. Von Bildersammlern habe ich schon gehört, aber Tristan ... nein, so ist er nicht.

„Ich habe keine", ist meine karge Antwort.

„Mach welche."

„Jetzt", schickt er spontan hinterher.

Wie? Hier? Ich bin völlig überfordert und beginne zu tippen: „Ich stehe noch am Treffpunkt. Wie soll ich hier Fotos machen und welche. Mache ich später zu Hause und schicke sie dir dann. Das geht hier nicht."

„Doch, mach. Titten", fixe dreißig Sekunden später.

Ich bin platt. Was erwartet er von mir? Dass ich mir hier im Auto jetzt die Bluse ausziehe und meine Brüste fotografiere. Ehrlich gesagt bin ich stolz auf meine Zwillinge, sie sind wohl geformt, BH-Körbchen D, also schon recht groß. Aber ich werde mich hier nicht verrenken, nur um ihm ein Foto zu schicken.

„Später home, geht nicht", schickt Tristan noch hinterher.

Von dieser Schreibgeschwindigkeit bin ich überwältigt. Ein kurzer Gedanke kommt mir und mein Gehirn stimmt mir zu. Hat er das alles schon vorbereitet in seinem Handy und muss nur auf die passenden Butten in den vorgefertigten Antworten tippen? Nein ... nicht Tristan. Oder doch? Ich weiß es nicht und wenn ich etwas nicht weiß, frage ich nach.

„Warum bist du so schnell mit deiner Tipperei? Hast du vorgefertigte Antworten?"

„NEIN", kam zehn Sekunden später. Ohne weiteren Kommentar.

Ob ich ihm das glauben soll? Ich tippe nur: „OK".

Endlich habe ich es auch geschafft mein Auto wieder zu bewegen. Nach meinem -ok- kommt nichts mehr von Tristan. Ist er verärgert, oder warum schreibt er nicht? Ich beruhige mich, dass er schließlich auch arbeiten muss. Kann aber mit dem groß geschriebenen -NEIN- mein Gehirn nicht beruhigen. Meine Gedanken kreisen um die letzten SMS. Stimmte das alles so, wie er schreibt? Nach zwei Stunden Stille entschloss ich mich zu schreiben.

Bisher gibt es fast keinen Tag, außer die Samstage und Sonntage, an denen wir Pausen in unserem

Geschreibsel haben. Dies ist die erste Stille und es fühlt sich für mich irgendwie komisch an. Immerhin ist Tristan schon seit einigen Wochen Teil meines Tagesablaufs, wenn auch nur per SMS. Er gehört wie ein Partner dazu. Und meine Stimmung ist gut, wenn wir permanent schreiben. Manchmal habe ich mich zwar gefragt, wie er das alles in sein Arbeitsleben einbaut, aber das ist nicht mein Problem. Wir schreiben auch nur während seiner Arbeitszeit, nicht, wenn er zu Hause ist, es sei denn, er gibt mir ein Zeichen, dass er beim Nebenjob ist, dann schreiben wir auch länger. Tristan arbeitet bei dem Landschaftsbau von sieben Uhr morgens bis circa fünfzehn Uhr am Nachmittag und in seinem Nebenjob von achtzehn Uhr bis zweiundzwanzig Uhr abends. Ein langer Tag und alles, damit es seiner Familie an nichts fehlt. Hat das schon mal jemand für mich getan? Ich glaube nicht.

„Alles gut bei dir?", frage ich vorsichtig nach. Leider kann man in eine SMS keine Gefühlslage oder Tonart mit hineinschreiben, außer Smileys. Und auch die werden manches Mal falsch gedeutet.

„Titten", schreibt Tristan. Und ich bin genervt. Ist es nicht möglich, in ganzen Sätzen zu schreiben? Seine Begierde klar und deutlich auszudrücken? Ich bin enttäuscht.

In den letzten Wochen sind bestimmt hunderte SMS hin und her geflogen und ich kann mit dieser Art aktuell nicht umgehen. Ich frage ihn höflich, ob alles gut ist und er schreibt „Titten". Für mich sehr abwertend.

> **TRISTAN:**
> Geile Titten zeig

> **ICH:**
> Ich schick dir mal coole Fotos von mir,
> wenn ich zu Hause bin.

> **TRISTAN:**
> Jaaa jetzt

> **ICH:**
> Gleich-Professionelle Fotos. Ab und an
> stehe ich auch vor der Kamera.

Zu Hause angekommen, schicke ich ihm einige sehr erotische Fotos von mir.

> **TRISTAN:**
> Das Mega heiß, wie lange her??
> Heiß! würde ich sofort ficken

> **ICH:**
> 3 Jahre Ungefähr

> **TRISTAN:**
> Jaaa

Den Schreibstil von Tristan zu übernehmen fällt mir schwer, aber ich bin lernfähig. Also schreibe ich in den SMS nur noch abgehackt kurz und er scheint es zu verstehen. Es gelingt mir aber nicht immer.

> **TRISTAN:**
> Und das höre ich erst jetzt

> **ICH:**
> Nun...Ich muss nicht alles sofort erzählen.
> Habe viele
> Wir haben doch beide Überraschungen
> parat. Du kennst mich doch kaum.

> **TRISTAN:**
> Ja wie denn
> Werde ich dich erwarten

> **ICH:**
> Du erwartest mich...
> schöner Gedanke. Wie? Wo?

Manche SMS muss ich mir förmlich zusammenreimen, ohne Satzzeichen, von Groß- und Kleinschreibung ganz zu schweigen. Etwas schwierig. Aber an dem Tag war dann wenigstens keine Pause mehr. Die Schreiberei geht weiter bis zum Abend, aber Tristan ist zwischendurch anders als sonst.

> **ICH:**
> Sag, bist du nicht gut drauf?

> **TRISTAN:**
> Ne eher darunter

ICH:

Was ist los?
Wenn ich dich nerve...sag es mir.

TRISTAN:
Ja sage ich

ICH:
???

TRISTAN:
Wenn

ICH:

Weißt du...Ich möchte dich nur ein wenig nett aus deinem Alltag rausholen... wenn auch nur virtuell..aber ich denke, die Realität macht das kaputt.

TRISTAN:
Schönes We dir

ICH:
dir auch

Er wünscht mir ein schönes Wochenende, ich war doch noch nicht fertig. Auf meine SMS mit der Realität hat er gar nicht reagiert. Nun ja, ich habe ja auch keine Frage gestellt. Manchmal sind die Männer so. Keine Diskussionen, allem Gerede und somit verbundenem Ärger aus dem Weg gehen und Tristan scheint da keine Ausnahme zu sein. Indem er nicht antwortet, gibt er nichts von sich preis. Und das ist wirklich so. In unserer gemeinsamen Zeit hat er sehr wenig von sich erzählt, nur so viel, wie ich als Affäre wissen darf. Mir kam es sehr berechnend vor.

KAPITEL

Sieben

Mein Handy piept nicht. Es ist mittlerweile acht Uhr und normalerweise schreibt Tristan immer als Erster, damit ich weiß, dass er bei der Arbeit ist und seine Frau nicht in die Versuchung kommt, bei seinem piependen Handy doch mal zu schnüffeln. Also schreibe ich ganz vorsichtig und neutral.

> **ICH:**
> Guten Morgen.

> **TRISTAN:**
> Moin

> **ICH:**
> Arbeitest du?

> **TRISTAN:**
> Ja

> **ICH:**
> Ok

TRISTAN:
Warum?

ICH:
Nicht, dass ich dir ein freundl. Guten Morgen schicke und deine Frau liest mit.

TRISTAN:
Ne das wäre schlecht
So, schönen Feiertag

Irgendetwas stimmt nicht. So kurz haben wir noch nie geschrieben. Er wünscht mir einfach einen schönen Feiertag. Wenn ich mich mit ihm treffen könnte, wäre es ein schöner Feiertag, so nicht. Die Tage, an denen ich nicht schreiben darf, sind lang. Und die Wochenenden noch länger. Meine Gedanken kreisen schon wieder um ihn und mein Gehirn hält mich für bescheuert. Warum schreibt Tristan nicht einfach, wenn er auf dem Klo sitzt? Oder im Garten pflanzt, oder bei einem Kumpel ist. Ich bin enttäuscht, am Freitag ist Feiertag, am Samstag hat er frei, und dann ist da noch der Sonntag. Montag meldet er sich bestimmt.

Mittlerweile ist es Herbst. Es wird kühler, obwohl es draußen trocken ist und die Sonne scheint. Aber weder die Sonne wärmt mich, noch das Gefühl, das komplette Wochenende alleine zu verbringen. Tristan hat es doch auch in den vergangenen Wochen geschafft, immer mal wieder am Wochenende, wenn auch nur kurz, zu schreiben. Ab diesem Wochenende ist irgendwie alles anders.

Ich fühle mich alleine gelassen und frage mich, was habe ich ihm getan, dass er nicht mal eine SMS schreibt. Ich nehme mir fest vor, ihn am Montag danach zu fragen. Ein Treffen wäre auch mal wieder schön, in den Arm genommen zu werden, begehrt zu werden, Komplimente zu erhalten. Ich habe ihn nur einmal in der ganzen Zeit getroffen und das war an dieser, mittlerweile fertig gestellten Baustelle. Da konnte es ihm nicht schnell genug gehen, mich zu sehen und seitdem, nichts. Er kommt auch nicht mehr zur Tankstelle. Zweimal war er dort, nachdem er mir den Zettel mit seiner Telefonnummer gegeben hat. Das ist schon lange her.

Mein Gefühlsleben ist so durcheinandergeschüttelt, eine lose Schüttung Gedanken in meinem Kopf, dass mein Gehirn, welches mir immer gute Ratschläge gibt, nicht mehr sortieren kann, welche Informationen es an welche Stelle speichern soll. Ich glaube, manches legt es in Ablage P ab, für nicht mehr gebräuchlich. Das Wochenende zieht sich weiter in die Länge und in der Nacht von Sonntag auf Montag finde ich keinen Schlaf. Schaue immer wieder auf die Uhr, schlafe aber irgendwann nach drei Uhr dreißig ein.

Mein Wecker reißt mich um sechs Uhr dreißig aus meinem Schlaf. Völlig verpennt gehe ich zur Kaffeemaschine, dann ins Bad. In der Zeit hat sich meine Kaffeemaschine aufgeheizt und ich werde mit dem ersten heißen Kaffee wach. Ich habe viel zu wenig geschlafen und habe gleich noch eine Schicht von acht Stunden in der Tankstelle vor mir.

Bald ist es sieben Uhr und Tristan wird sich bestimmt melden. Mein Herz tanzt, mein Gehirn nicht. Denn da kommt schleichend ein kleiner seltsamer Gedanke, ob er sich wirklich melden wird. Vor dem Wochenende war er wortkarg oder schreibfaul. Ich beruhige mich mit dem Gedanken, dass sich alles klären wird.

Sieben Uhr und zwei Tassen Kaffee später; mein Handy piept nicht. Sieben Uhr dreißig, immer noch nichts. Enttäuscht versuche ich meine Gedanken in andere Richtungen zu lenken, ob ihm vielleicht etwas passiert ist, ob er krank ist, ob er mich satthat. Keine Ahnung. Was mache ich denn jetzt, frage ich mich und diese Frage ist für meine Gefühlswelt überlebenswichtig. Wenn ich ihm jetzt schreibe, sieht das so aus, als wenn ich ihm hinterherlaufe. Irgendwie tue ich das ja auch. Ich mag ihn von ganzem Herzen. Aber das Wochenende war so lang, ich möchte ihn jetzt hören, sehen, dass es ihm gut geht, ein paar nette Worte lesen. Aber, ich warte. Ich bin alt genug, mich in Geduld zu üben und so fahre ich, sehr gedankenverloren, zur Arbeit, mit dem Wunsch, ihn wenigstens im Vorüberfahren zu sehen, denn dann kann ich den Gedanken streichen, dass ihm etwas passiert ist.

Er scheint nicht auf meiner Route zu fahren, zumindest sehe ich ihn nicht. An der Tanke angekommen, beginne ich mit meiner Arbeit. Acht Stunden. Wie soll ich die Zeit ohne Tristan, ohne unsere heimliche Simserei schaffen?

Jeden Tag, außer den dämlichen Wochenenden, haben wir geschrieben. Zehn Uhr und noch keine Nachricht von Tristan. In der Tanke ist es zurzeit sehr ruhig und ich beschließe, ihm zu schreiben. Wir haben ja vereinbart, dass er mir sagt, wenn er zu Hause ist oder Urlaub hat. Über krank haben wir gar nicht gesprochen. Was ist denn, wenn er im Krankenhaus liegt und er sein Handy gar nicht bedienen kann, oder noch schlimmer, wenn seine Frau das Handy an sich genommen hat. Tristan erzählte mir, dass sein Handy mit einem Code gesichert ist, aber wir Frauen sind pfiffig und haben so etwas schnell raus.

Ich ertappe mich beim Stalking, was ich nie wollte. Immer wieder schaue ich seit acht Uhr auf mein Handy und schnüffele, ob Tristan online ist. Und ich sehe ihn online. Meine Gedanken wirbeln noch mehr durcheinander. Warum ist er online? Warum schreibt er mir nicht? Was habe ich verpasst? Gibt es eine andere? Hat er mich ausgetauscht? Meine Gedankenverwirrtheit bemerkt sogar mein Chef und fragt mich, was los sei, ich wäre mit meinen Gedanken ja ganz woanders. Eine Antwort kann ich ihm nicht geben, denn es geht ihn nichts an und so sage ich nur, dass ich Kopfschmerzen habe und mich das ein wenig schusselig macht. Mein Chef schluckt diese Lüge, zum Glück, denn eine weitere Ausführung meiner Gefühlslage hätte ich ihm nicht präsentieren können, wobei ich immer bei irgendwelchen Ausreden schlau bin. Er geht, aber nach zehn Minuten kommt er wieder und verkündete, dass meine Kollegin mich ablösen würde.

Sozial und um seine Mitarbeiter besorgt ist unser Chef immer, vielleicht liest er in meinem Gesicht auch andere Dinge als nur Kopfschmerzen. Ich weiß es nicht, bin aber dankbar für diese Geste, denn dann kann ich mein Gehirn, inklusive der verwirrten Gedanken darin ganz Tristan widmen. Gegen zwölf Uhr kommt meine Kollegin und löste mich ab, mit Worten der guten Besserung, die ich kaum wahrnehme und ich nur mit einem -Danke- bestätigte. So weiß sie zumindest, dass ich sie gehört habe.

Im Auto angekommen, ist der erste Blick auf mein Handy. Er war permanent online. In einer der vergangenen SMS berichtete er davon, dass seine Frau ihn kontrollieren würde, wie oft und wie lang er online ist. Und er hat deshalb schon einige Male Ärger bekommen. Stellt sich mir die Frage, wie eifersüchtig ist seine Frau? Ich kenne sie nicht, habe sie nie gesehen, weiß nichts von ihr, außer den wirklich wenigen Kleinigkeiten, die Tristan mir erzählt hat. Unter anderem, dass sie oft zu viel trinkt, wobei Tristan gar keinen Alkohol anrührt.

Zwölf Uhr dreißig und mittlerweile bin ich zu Hause angekommen. Er hat mir nicht geschrieben. Um diese Uhrzeit hat er doch Pause. Wieder prüfe ich, ob er online ist. Und wieder ist er es. Das tut weh, mit anderen schreibt er nur nicht mit mir, ich bin enttäuscht und verletzt. Vielleicht schreibt er ja mit seiner Frau und hat wieder irgendwelche Diskussionen. Ich weiß von meinem Sohn, dass Meinungsverschiedenheiten heutzutage per SMS ausgetragen werden, nicht mehr wie früher per Telefon oder persönlich. Wir leben in einer virtuellen Welt, alles nur noch schnell, schnell.

Ich kann nicht anders und schreibe ihm.

> **ICH:**
>
> Moin moin

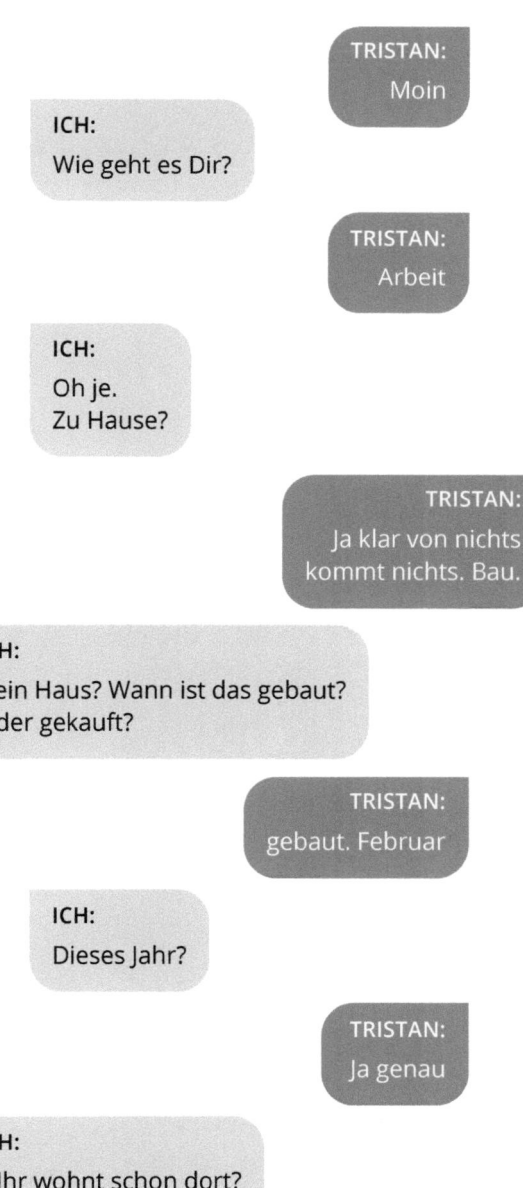

TRISTAN:
Moin

ICH:
Wie geht es Dir?

TRISTAN:
Arbeit

ICH:
Oh je.
Zu Hause?

TRISTAN:
Ja klar von nichts
kommt nichts. Bau.

ICH:
Dein Haus? Wann ist das gebaut?
Oder gekauft?

TRISTAN:
gebaut. Februar

ICH:
Dieses Jahr?

TRISTAN:
Ja genau

ICH:
...Ihr wohnt schon dort?

> **TRISTAN:**
> Ne noch nicht-Weihnachten

> **ICH:**
> Ah

> **TRISTAN:**
> Warum?

> **ICH:**
> Ich dachte, wäre schon fertig.

> **TRISTAN:**
> Ne ne
> Mache ich ja nur nebenbei

> **ICH:**
> Ah. Meines älter...1907gebaut

Mein Handy macht schon wieder, was es will. Springt einfach in die nächste Zeile. Ich schicke es so ab.

> **TRISTAN:**
> Ja aber mache ja fast alles selber

> **ICH:**
> Cool...Kostenpunkt wenns fertig ist?
> 400.000?

> **TRISTAN:**
> Ca

> **ICH:**
> oh wei.
> Gut, dass ich nicht gebaut hab.Haste mal
> nen Foto?

> **TRISTAN:**
> Ne

> **ICH:**
> Jetzt verstehe ich, wenn du sagst, aufm
> Bau.
> Auf deinem.

> **TRISTAN:**
> Ja genau

> **ICH:**
> Dann muss ich mal durch deinen Ort
> fahren und schauen,welchesHaus noch
> nicht fertig ist.

Nach meiner letzten SMS kommt nichts mehr von Tristan. Schon wieder eine Pause. Ich kann doch so schlecht mit Pausen umgehen. Aber ich wollte die Hausbauerei so genau nicht erklärt haben. Ich wollte eine Erklärung dafür, warum er sich so rar macht. Nicht mehr an den Wochenenden schreibt. Aber genau darauf habe ich ihn nicht angesprochen. Angesprochen... wie sich das anhört, als wenn wir jeden Tag stundenlang miteinander reden würden. Ich habe nicht gefragt.

Am Anfang schrieb er nette SMS, dann diese kurzen und knappen Mitteilungen. Bin ich es nicht wert, ein wenig mehr zu schreiben, als nur diese wenigen Worte, einsilbige Antworten? Eine Antwort finde ich nicht. Morgen werde ich ihn danach fragen. Bestimmt. An diesem Tag hat Tristan sich nicht mehr gemeldet.

Mein Handy piept, es ist Mattis. Er wünscht mir freundlich, wie er immer ist, einen guten Morgen und fragt, ob wir abends essen gehen. Ich schreibe ihm nur kurz, aber freundlich, dass ich mich nicht wohlfühle und ich den Abend lieber auf dem Sofa verbringe. Er soll nicht böse sein, wir holen das nach. Mattis antwortet daraufhin, dass er dann mit seinen Kumpels in „Das Eck" geht, eine kleine gemütliche Kneipe in unserem Ort. Ich denke nur, da ist er gut aufgehoben und ich kann meine Gedanken bei Tristan lassen.

Mein Handy piept erneut. Tristan. Alles in mir tanzt. Er meldet sich zuerst. Aber ernüchternd, nachdem ich das gelesen habe. Seine Frau muss ins Krankenhaus und er muss sich drei Wochen Urlaub nehmen, sonst klappt das mit den Kindern nicht. Das bedeutet, ab morgen höre ich nichts mehr von ihm... oder was? Ich bin durcheinander und muss das erst mal sacken lassen. Er schickt noch eine weitere SMS. Und innerhalb von ein paar Sekunden holt er mich aus meiner Gefühlsduselei heraus. Er plant, sich mit mir zu treffen. Heute Abend hat er eine Fahrt zu einem neuen Auftraggeber und auf der Rücktour würde er mich anrufen, wann und wo. Ich bin hin- und hergerissen. Mattis habe ich mit einer Lüge abgesagt und Tristan sage ich jetzt freudestrahlend zu. Habe ich ja noch nicht. Eine weitere SMS beschreibt mit Bild einen Parkplatz im Wald, fünfundzwanzig Kilometer von mir entfernt. Zweiundzwanzig Uhr würde er dort lang fahren. Da soll ich hinkommen. Meine spontane Antwort war: Ich komme.

Tristan pfeift, ich springe. Das ist wirklich genauso. Ich will ihn wieder sehen, ihn endlich spüren, riechen, schmecken. Wie küsst er wohl? Wie riecht er? Trägt er Arbeitskleidung? Wie viel Zeit hat er? Würden wir auf dem Parkplatz miteinander schlafen? Bis heute Abend ist noch genügend Zeit, damit ich mir überlegen kann, was ich anziehe, darüber wie darunter. Besser nicht zu viel, dann wird es nicht kompliziert, aber auch genug, damit ich mir keine Erkältung hole. Die Männer haben es da etwas einfacher.

Die Zeit vergeht viel zu langsam und um achtzehn Uhr bin ich bereits geduscht, angemalt. In meinem Alter sagt man dazu saniert. Ich lache über mich selbst. Dieses Gefühl, gewollt zu werden, ist so überwältigend, dass ich an nichts anderes mehr denken kann.

Ich nehme mir vor, um neunzehn Uhr loszufahren, damit ich pünktlich an der verabredeten Stelle bin. Mein Handy piept erneut. Tristan. Er fragt nach Kondomen, die ich nicht besitze. Da sehe ich allerdings kein Problem, ich besorge welche, so schreibe ich es ihm zurück. Also war meine Absicht etwas früher zu fahren, ganze drei Stunden, doch gut, denn so habe ich jetzt noch Zeit Kondome zu besorgen. Besser ist das. Und die restliche Zeit werde ich damit verbringen, dass ich mir irgendwo in dem Ort vorher einen Kaffee hole und dann schon mal im Voraus den Parkplatz ab-checke. Ich will ja wissen, wo ich bin. Meine Freundin ist über die ganzen Wochen mein ständiger Begleiter und Zuhörer und ich rufe sie an. Ich erkläre ihr genau, was wir vorhaben und sie mahnt zur Vorsicht. Sie meint, dass ich den Kerl doch überhaupt nicht kenne und ich in Gefahr laufen könnte. Aber nicht bei Tristan, versichere ich ihr.

Wir verabreden, dass ich mich bei ihr abmelde, per SMS, wenn Tristan kommt und ich mich wieder bei ihr anmelde, wenn ich wieder im Auto sitze und nach Hause fahre. Für mich ein guter Plan. Und so stehe ich einige Zeit später, für das Treffen viel zu früh, auf dem vereinbarten Parkplatz und höre Musik im Auto. Ich fahre mit meinem geliebten Oldtimer und so ist die Warterei im Auto für mich in diesen gemütlichen Sitzen angenehm. Das Fenster habe ich etwas geöffnet, denn ich rauche viel zu viel, weil ich so nervös bin. Der große Kaffee, den ich mir an der Tanke vor dem Ort gekauft habe, ist überdimensioniert, sodass ich nun kalten Kaffee trinke. Das macht aber nichts, bei der Arbeit wird mein Kaffee immer kalt und ich habe jetzt hier auf dem Parkplatz wenigstens etwas zu trinken. Meine Wasserflasche habe ich zu Hause vergessen.

Manchmal höre ich Geräusche aus dem Wald. Un-heimlich. Was passiert, wenn mich jetzt hier jemand überfällt, Wildschweine auftauchen und ich nicht aussteigen kann. Gedanken über Gedanken. Viele Autos fahren vorbei, aber ich habe mich so dicht in eine Ecke gestellt, dass mich von der Straße aus niemand direkt sehen kann. Ich aber kann durch die Büsche zur Straße hinschauen. Meine Gedanken sind bei Tristan. Sieht er immer noch so gut aus, wie ich ihn in Erinnerung habe? Das klingt so, als hätte ich ihn zwanzig Jahre nicht gesehen; ich grinse leicht vor mich hin. Um einundzwanzig Uhr fünfzig höre ich einen Lkw in meine Richtung fahren. Es ist Tristan. Er biegt ab und dreht den kleinen Lkw in Richtung Straße, als wolle er sofort wieder fahren. Die Fahrertür geht auf und Tristan springt aus dem Lkw und geht zielstrebig auf mich zu.

„Hallo, hübsche Frau", haucht er mir entgegen. Das geht runter wie ÖL, weil das schon lange niemand mehr zu mir gesagt hat. Ich kann nicht reden, er wartet meine Antwort nicht ab. Küsst mich gierig. Einen Kuss, wie ich ihn auch schon lange nicht mehr hatte. Tristan holt in diesen kleinen Momenten alles in mir hervor, was an Begierden in mir schlummert. Er nimmt meinen Kopf zwischen seine Hände. Ich merke, wie stark seine Arme sind, seine Hände gleiten in meine langen Haare, ziehen kurz daran, um mich dann mit nach hinten geneigtem Kopf noch inniger zu küssen. Sein Mund bleibt bei meinem und seine Hände gleiten an meinem Körper entlang nach unten, über meine Brüste.

Er fühlt, dass ich keinen BH trage und sein Kopf folgt seinen Händen in die gleiche Richtung. Er nimmt meine kleinen Spitzen in den Mund, beißt kurz daran, saugt leicht. Ich kann gar nichts tun, stehe nur da und genieße all diese Berührungen und Liebkosungen. Seine Hände wandern weiter an mir runter und er merkt, dass ich kein Höschen trage. Er nimmt mich in den Arm, küsst mich und presst sich zeitgleich an mich, damit ich bemerke, wie viel Freude in seiner Arbeitshose steckt. Meiner Meinung nach, eine riesengroße Freude, die ich mir vornehmen möchte und gleite mit meinen Händen über seine Arbeitshose.

Alles wortlos, wozu auch reden, hier erklärt sich alles von selbst. Ich versuche seine Hose zu öffnen, aber es gelingt mir nicht und ich bitte Tristan ohne Worte nur mit einer kleinen Geste um Hilfe. Den Sicherheitshaken an der Hose von innen kenne ich nicht. Es ist auch nicht schlimm, denn er hilft mir, ohne seinen Mund von meinem zu nehmen. Ich bin noch nie so intensiv und lange geküsst worden. Er nimmt meine Hände und signalisiert mir so, dass der Weg in seine Hose frei ist. Ich folge und nehme seinen Freund in die Hand, massiere ihn vorsichtig. Auch er ist, wie Tristan, perfekt gebaut, stramm und stark. Meine Gier ist so groß, dass ich Tristan ins Ohr flüsterte, dass ich ihn jetzt haben will, ihn in mir spüren möchte. Das habe ich noch nicht ausgesprochen und es ist, als hätte er darauf gewartet, dreht mich um und ein rhythmisches Spiel beginnt. Tristan und sein Freund sind so stark, aber auch vorsichtig und sanft. Wir verschmelzen zu einem und sind sehr leise. Wer soll denn hier im Wald unser Stöhnen hören. Hier ist niemand. Aber unsere Angst, erwischt zu werden, ist schweigend vor Ort.

Nach ein paar Minuten wird Tristan langsamer in seinen Bewegungen. Ich merke, wie sehr er unter Druck steht und flüstere ihm zu: „Genieß es und komm ganz heftig". Tristan nimmt wieder Tempo auf und explodiert in mir. Schweigend ohne einen Laut kommt er zum Höhepunkt, bleibt aber noch eine Weile in mir und streichelt mir über den Po. Erst jetzt fällt mir auf, dass wir kein Kondom benutzt hatten. Ich erschrecke, will ihn aber nicht verstimmen, er soll dieses Gefühl behalten. Langsam, sehr langsam löst er sich von mir und ich hole mein Höschen aus der Manteltasche.

Er verpackt sich wieder, zieht sich an, das heißt, er zieht die Hose hoch, denn mehr hatte er nicht abgelegt, kommt einen Schritt auf mich zu und küsst mich. Diesmal nicht so innig und lang wie vorher, aber liebevoll, ich streiche durch seine Haare und gleite mit meinem Handrücken über seinen Bart, der mich so schön zwischen meinen Brüsten gekitzelt hat. Tristan fragt: „Rauchen wir noch eine?" Ich nicke zustimmend und er reicht mir eine Zigarette, die er für mich angezündet hat. So stehen wir da, rauchen und ich bin unsicher. Darf ich mich bei ihm anlehnen, seine Nähe suchen, ihn zwischendurch berühren? Während unserer Zigarettenlänge sagt er: „Ich muss sofort wieder los." Meine Gesichtszüge stehen still bei diesem Satz, doch ich antworte leise: „Mach das, bevor es Ärger gibt." Ich bin enttäuscht, aber ich versuche das mit meiner Stimme so zu betonen, als wäre das alles ganz normal und ich Verständnis dafür habe.

„Wir rauchen noch zu Ende", sagt er ganz beiläufig. Hat er meine Enttäuschung bemerkt?

„Darf ich hinter dir herfahren? Ich kenne mich hier nicht so gut aus und ich würde mich sicherer fühlen." Tristan antwortet knapp: „Klar". Nimmt mich noch kurz in den Arm, drückt mir einen Schmatzer auf den Mund und verabschiedet sich mit einem kurzen -bis morgen- von mir. Und schwupp, sitzt er auch schon in seinem Lkw und ich muss mich beeilen, denn als ich mein Auto erreiche, lässt Tristan bereits den Motor an. Er fährt vor, ich direkt hinter ihm her. Er ist so fix mit seinem Fahrstil, dass ich Mühe habe, den Anschluss zu behalten. An dem Abend höre ich nichts mehr von ihm.

*A*m nächsten Morgen stehe ich nicht freudig auf. Mein Handy piept nicht. Der Tag nach unserem Treffen. Ein viel zu kurzes Treffen, meiner Meinung nach. Ich kam mir gestern Abend schon benutzt vor und dieses Gefühl hat sich heute Morgen nicht geändert. Benutzt, aber auch beglückt. Geht das überhaupt zusammen? Wie zärtlich Tristan mit mir umgeht, als hätte er eine Blume aus Glas in der Hand, die er über mehrere Kilometer behutsam tragen muss, ohne dass sie zerbricht. Mein Gehirn hat sich gestern Abend völlig ausgeschaltet, es hat die vollkommenen Gefühlsverwirrungen und den anschließenden Höhepunkt nicht verkraftet und sich verabschiedet. Jetzt ist es aber präsenter denn je. Es versorgt mich mit Informationen und Fragen, die mir nun auch Sorge bereiten. Warum das Treffen gestern, so kurz vor seinem Urlaub? Tristan ist nicht bewusst, wie lang schon diese Wochenenden waren, und jetzt soll ich drei Wochen nicht schreiben. Keine Informationen erhalten, wie es ihm geht?

Mein Kopf ist so verwirrt und ich glaube, wenn ich über meine Vergangenheit nachdenke, dass ich noch nie so durchgeschüttelt war, wie jetzt. Habe ich mich in diesen neunzehn Jahre jüngeren Mann verliebt? Was macht er nur mit mir? Irgendwie nehme ich alles wie in Trance wahr. Der Kaffee braucht ewig, um in meiner Tasse zu landen. Meine Hundedame bewegt sich langsamer als sonst und ich mich auch. Allerdings bemerke ich in meiner Verwirrtheit auch noch diesen leichten Druck in meinem Unterleib. Wie schön war es, Tristan in mir zu spüren, so wunderbar wie er mich ausgefüllt hat und wie zärtlich er mich behandelt hat. Ich sinke auf mein Sofa und muss dieses Gefühl genießen, das ich wirklich erst jetzt wahrnehme. Ja, ich trage Tristan noch bei mir, ich spüre noch all seine Bewegungen in mir, seine festen, harten, aber auch sanften Stöße, mit denen er mir einen wundervollen Höhepunkt beschert hat. Das Gefühl soll bitte so lange bleiben, wie es geht. Das will ich nicht verlieren und so bewege ich mich so wenig wie möglich, um dieses geheime Wohlwollen unendlich zu machen. Die Bluse, die ich trage, ist die gleiche wie gestern Abend, denn sie riecht nach Tristan. Er hatte einen so angenehmen Duft an sich, obwohl er schon den ganzen Tag gearbeitet hat. Ich könnte mich in meine Bluse eingraben und erkläre sie ab sofort zu meiner Lieblingsbluse. Sie wird mich immer an Tristan erinnern.

Aber all diese stillen Genüsse ändern nichts an der Tatsache, dass ich Tristan drei Wochen nicht sehen werde, nicht höre, nicht mit ihm schreibe. Daran muss ich mich erst gewöhnen. An diese wiederkehrenden

Wochenendpausen habe ich mich ja auch gewöhnt, dann schaffe ich das auch noch. Versuche ich genauso in meinen Gedanken zu sortieren. Aber, mein Gehirn sinkt noch weiter zusammen und ich hinterher. Was für ein Gefühlschaos und ich muss gleich arbeiten. Wie soll das gehen? Jeder wird mir ansehen, dass mit mir etwas nicht stimmt. Auf diese Diskussionen habe ich überhaupt keine Lust. Ich möchte ihm so gern ein -Guten Morgen- schicken, einfach nur so, um zu signalisieren, ich bin da, wenn du mich brauchst. Ticke ich noch ganz sauber?

Seit drei Wochen bin ich nun schon krankgeschrieben. Das ist mir in all meinen Berufsjahren noch nicht passiert, dass ich wegen Depressionen eine Krankmeldung habe. An dem Dienstag nach unserem Treffen bin ich zu meiner Ärztin gefahren, habe ihr die ganze Geschichte erzählt und ihr gesagt, dass ich nicht mehr klarkomme. Dr. Nicole Fablé ist eine meiner nahen Bekannten und so kann ich mit ihr offen und ehrlich umgehen. Sie meinte, dass es für Liebeskummer keinen Diagnoseschlüssel gibt, für Depressionen aber schon. Sie schlug sehr professionell vor, mich wegen ebendieser erfundenen Depressionen erst mal für drei Wochen aus dem Verkehr zu ziehen und dann schauen wir mal, ob es mir besser geht. Es ist sehr angenehm in bestimmten Positionen Bekannte zu haben, wie auch einen Rechtsanwalt, der mir mittlerweile schon gar keine Rechnungen mehr schickt, passt schon, sagt er immer. Gelegentlich lasse ich ihm ein kleines Präsent in

Form von Pralinen zukommen und so wird der Tisch für mich wieder gerade.

Nun sitze ich nach diesen drei Wochen erneut im Wartezimmer von Frau Dr. Fablé und warte darauf, dass die Arzthelferinnen mich aufrufen. Mein Termin ist für elf Uhr angesetzt, aber aus meiner Erfahrung in dieser Praxis kann man locker noch eine Stunde drauf rechnen, bis man aufgerufen wird. Egal, ich bin pünktlich, mal wieder reichlich vor der Zeit. Das stört mich nicht, denn ich beobachte die Menschen, die an mir vorbeilaufen, zu den verschiedenen Untersuchungen gerufen werden, sehe die Tür auf und zu gehen. Von meinem Platz aus kann ich alles gut überblicken. Abwechslung, wenn auch nur in Form von diesem Praxisalltag, kann ich gut brauchen.

Die Tür geht erneut auf und ein Kind kommt herein, gefolgt von einer Frau und einem Mann. Es ist Tristan.

Was macht er denn hier?

Was ist passiert?

Ist er krank?

Meine Gedanken schlagen schon wieder Rad in meinem Kopf und mein Gehirn arbeitet auf Hochtouren daran, alle verfügbaren Ablagen zu durchsuchen, um festzustellen, was da los sein könnte. Leider kann ich nicht mithören, was an der Empfangstheke geredet wird. Mein Gehirn versorgt mich mit so vielen Gedanken, unter anderem damit, dass es gut war, so früh hier zu erscheinen, sonst hätte ich diesen, seinen Besuch verpasst. Tristan hat noch keinen Blick in das Wartezimmer geworfen, aber er muss sich ja gleich auch hier herein setzen, um auf seinen Termin zu warten. Hat er denn einen Termin? Hat er einen Unfall? Was ist mit seiner Familie, warum ist sie hier? Ist das seine Frau? Ich weiß es nicht.

Nach den bürokratischen Dingen an der Empfangstheke drehen sich die drei um und gehen in das Wartezimmer. Der Junge geht als Erster, danach seine Frau, und dann Tristan. Ich denke, dass es seine Frau ist, denn Tristan zeigt ihr den Weg mit seiner Hand in Richtung Wartezimmer, wo noch reichlich Stühle frei sind, oder besser gerade eben frei geworden sind. Alle drei wünschen allgemein einen -Guten Morgen-. Sehr freundlich. Einige Wartenden grüßen zurück, aber ich kann nichts sagen, weil ich so überrascht bin, Tristan hier zu sehen. Sein Blick bleibt auf mir haften, als seine Frau ein kleines Stück zur Seite geht und den Blick auf mich freigibt.

Seine Augen starr, seine Mundwinkel bewegen sich nicht, seine kompletten Gesichtszüge frieren für einen Moment ein. Ich schenke ihm ein kleines unauffälliges Lächeln und senke dann meinen Blick zum Fußboden, von allen anderen unbemerkt. Tristan setzt sich neben seine Frau, mein Blick immer noch zum Boden gesenkt. Ansprechen kann ich ihn nicht, dann würde seine Frau möglicherweise genauer nachfragen, woher er mich kennt. Das geht nicht. Also verhalte ich mich völlig teilnahmslos, schaue wieder in Richtung Tür und Empfangstheke, an der sich in der kurzen Zeit bereits wieder drei neue Patienten aufhalten, sich anmelden oder Rezepte abholen. Es ist mir so egal, was die Leute dort machen; ich muss mich jetzt darauf konzentrieren, dass ich nicht zu Tristan herüberschaue. Das wäre verdächtig.

Allerdings schaue ich immer so zur Tür, dass ich im Augenwinkel die Bewegungen von Tristan erkennen kann und auf einmal fällt mir auf, dass seine Hose zerrissen und sein Schienbein laienhaft verbunden ist. Sofort schießen mir sorgenvolle Gedanken in meinen Kopf. Mein Gehirn mahnt zur Ruhe, dass alles nicht so schlimm ist. War mein Gehirn dabei? Ich werde innerlich sauer auf die Datenfolge, die mir es sendet. Tristan ist verletzt, und das ist Grund genug zur vollkommenen Sorge um ihn. Ich muss meine Gesichtszüge wirklich unter Kontrolle halten. Wie gern würde ich ihn ansprechen, ihn in den Arm nehmen. Geht nicht, seine Frau ist ja dabei. Der provisorische Verband zeigt, dass die Wunde blutet. Durch den Verband sieht man es. „Das Kettensägen-Opfer bitte", ruft eine Stimme aus dem Empfangsbereich. Jetzt sehe ich auch, dass Tristan leicht humpelt. Oh Gott, was ist ihm nur passiert. Das Kettensägen-Opfer, wie sich das anhört. Tristan schleicht humpelnd um die Ecke und ist verschwunden. Zurück bleiben sein Sohn und seine Frau.

Da ich neugierig bin, schaue ich unauffällig in deren Richtung. Seine Frau trägt eine blaue Jeans, nicht das aller teuerste Modell, unten am Bein leicht ausgestellt, ein hellblaues T-Shirt, passende blaue Turnschuhe, die auch schon bessere Zeiten gesehen haben. Kein Schmuck, keine Brille, dunkelblonde Haare und ich schätze sie etwas älter als Tristan. Ihre Haut strahlend hell. Entweder verträgt sie keine Sonne oder sie hat keine Zeit, sich in die Sonne zu legen. Das gestaltet sich mit drei Kindern bestimmt schwierig. Ihr Gesicht zeichnet sich ein wenig bedeutungslos und wirkt fad. Ihre Mundwinkel zeigen leicht nach unten. Das lässt sie mürrisch aussehen. Vielleicht hat sie in ihrem Leben nicht viel zu lachen. Tristan erzählt ja nicht viel über seine Familie, weder ihren Namen noch wie alt seine Kinder sind. Jetzt simsen wir doch schon so lange und mir fällt auf, dass ich sehr wenig über ihn weiß. Außer seinen sexuellen Vorlieben, und die kenne ich ganz genau, weil er diese oft haarklein in seinen SMS beschreibt. Aber irgendetwas muss ihn ja bei dieser Frau halten. Oder anders, er schützt seine Frau dahingehend, dass er nichts über sie preisgibt. Und wenn man jetzt eins und eins zusammenzählt, scheint sie ihm einiges wert zu sein, wenn er so handelt und darüber schweigt.

Der Junge, ich schätze ihn auf circa sieben Jahre, sieht aus wie ein richtiger Frechdachs, kurze Haare, ähnlich wie bei Papa geschnitten, blond, Jeans, T-Shirt mit einer Comic-Figur auf der Vorderseite, Turnschuhe und recht laut. Alles, was er sagt, hört das komplette Wartezimmer und seine Mutter mahnt ihn immer wieder leise zu reden oder ganz den Mund zu halten. Das letztere funktioniert aber nicht, er plappert weiter. Mich stört es nicht und die anderen wartenden Patienten schauen teilnahmslos weg.

Mein Name wird aufgerufen und ich denke, nein, nicht jetzt. Ich möchte doch wissen, wie es Tristan geht. Sonst dauert das hier doch auch immer Ewigkeiten, bis die Patienten aufgerufen werden. Heute ist alles anders. Widerwillig gehe ich mit. Nicole erwartet mich schon. So schnell ich kann, ohne dass es gravierend auffällt, mache ich Nicole klar, dass ich mich wieder gefangen habe und ich wieder arbeiten gehen möchte.

Nicole glaubt mir kein Wort, schaut mich schief an und meint: „Nun, dann geht der Termin heute ja fix. Brauchst du noch mehr von den Tabletten?"

„Nein danke. Ich habe noch welche. Das reicht. Ich kann mir ja eventuell noch welche nachholen."

Ich will so schnell wie möglich aus dem Sprechzimmer raus, um zu schauen wo Tristan ist.

Mit einem kurzen -Tschüss- und -Danke- verschwinde ich aus Nicoles Zimmer, gehe zum Empfang und tu so, als ob ich etwas in meiner Tasche suche. Dabei schaue ich vorsichtig ins Wartezimmer. Die zwei sitzen immer noch dort.

„Kann ich Ihnen noch helfen?", fragt eine Arzthelferin sehr freundlich.

Und ich lüge sie an: „Nein. Ich suche nur meine Versichertenkarte." Lange konnte ich da nicht stehen bleiben, das würde allen komisch vorkommen und nach einer kleinen Weile sage ich zu der Helferin, die immer noch an gleicher Stelle steht und mich beobachtet: „Hab sie, alles gut, tschüss."

„Tschüss, schönen Tag", ruft sie mir noch hinterher, aber das höre ich mittlerweile auf der Treppe angekommen.

Wo soll ich jetzt hin? Soll ich so tun, als würde ich auf was auch immer warten? Verstecken? Nein, alles blöd. Ich gehe zum Auto und fahre. Schließlich muss ich gleich arbeiten. Tristan wird sich gleich schon melden. Hoffe ich. Und diese Hoffnung ließ mich den kompletten Tag bis zum Abend nicht mehr los, aber Tristan meldet sich nicht.

Mein Handy piept, aber nicht morgens um sieben Uhr, sondern erst um neun. Es ist Mattis, mit der allgegenwärtigen Frage, ob wir heute Abend etwas essen; er schlägt achtzehn Uhr vor. Er schreibt noch dazu, er müsse mit mir Geschäftliches besprechen.

Das klingt bedeutungsvoll, aber Mattis muss mich schon sehen und etwas Geschäftliches besprechen, wenn seine Sekretärin im Büro mal wieder zwei Rechtschreibfehler in einen Brief getippt hat. Ich verdrehe meine Augen. Für mich völlig unwichtig und auch die Beziehung zu Mattis ist für mich mittlerweile völlig unwichtig geworden und ein Ende schon lange überfällig. Trotzdem sage ich zu, denn ich muss auf andere Gedanken kommen. Tristan hat sich, seitdem ich ihn vor zwei Wochen beim Doc gesehen habe, noch nicht wieder gemeldet.

Ich habe mich nicht getraut ihm zu schreiben oder nennen wir es Stolz, wobei mir mein Gehirn immer wieder den Rat gibt, mich nicht mehr bei ihm zu melden.

Auch an diese Situation musste ich mich erst gewöhnen. Was war passiert? Genau das frage ich mich seit einiger Zeit. Was habe ich Tristan getan? Habe ich ihn verärgert? Man kann doch über alles reden. Reden, ja, wie witzig. Wie denn, wenn er nicht bereit ist zu telefonieren oder mich zu treffen. In SMS kann ich nicht alles verpacken, was ich ihm gerne sagen möchte. Und ich weiß auch gar nicht, ob er das, was mir auf dem Herzen liegt, überhaupt hören möchte.

Am heutigen Tag habe ich frei und nichts geplant. Meine Gedanken kreisen um Tristan und mein Gehirn verdreht mittlerweile die Augen, wenn es um ihn geht. Ich sehe ihn nicht mehr vorbeifahren, er kommt nicht zur Tankstelle, ganz so, als würde er mir aus dem Weg gehen. Soll ich ihm wirklich schreiben? Ist er wohl bei der Arbeit? Ist er krankgeschrieben und darf sein Bein nicht bewegen und liegt zu Hause auf dem Sofa, von seiner Frau gepflegt? Ich habe keine Ahnung. Und dann schießt ein Gedanke in meinen Kopf, aber mein Hirn stimmt nicht zu. Scheißegal ... ich schreibe ihm jetzt. Was bin ich denn für ihn? Eine erotische Gelegenheit? Eine Affäre? Mit Affären geht man gelegentlich mal essen, um die Affäre bei Laune zu halten. Ein Fick zwischendurch, nur wenn er Zeit hat und er bereit ist und nicht erwischt werden kann?

Was bin ich für ihn? Was ist nur mit mir los?

Diese Fragen halten sich und so tippe ich in mein Handy.

> **ICH:**
> Guten Morgen.

TRISTAN:
Moin (10 Sekunden später)

ICH:
Alles gut bei dir?

TRISTAN:
yap

ICH:
wie geht es deinem Bein?

TRISTAN:
alles gut

ICH:
was war denn passiert?

TRISTAN:
bin mit Kettensäge abgerutscht

ICH:
oh wei…Bist du arbeiten?

TRISTAN:
klar

ICH:
Erzähl mir …

> **TRISTAN:**
> was?

> **ICH:**
> Dein Unfall

> **TRISTAN:**
> nicht wichtig

> **ICH:**
> Ich mache mir aber Sorgen...was ist wichtig?

> **TRISTAN:**
> Ficken

Mit dieser SMS bin ich einfach nur geplättet. Er braucht mich nur DAFÜR? Aber ich möchte Gefühle hineinbringen. Das lässt er nicht zu, unsere Treffen zu etwas sehr Besonderem zu machen. Mit ihm Eisessen, Abendessen, ein kurzer Wochenendtrip, all das, was zwei Menschen tun, die sich mögen. Und nicht nur -ficken-. Habe ich das verdient? Bin ich nur dafür da?

> **ICH:**
> warum antwortest du nicht in ganzen Sätzen?

> **TRISTAN:**
> Arbeit

ICH:
wann hast du mal Zeit für ein Gespräch?

TRISTAN:
geht nicht.
Frau eifersüchtig, Kontrolle

ICH:
dann solltest du dich mal durchsetzen. Ich hätte gern mal ein Treffen wie das vor ein paar Wochen. Das war doch schön.

TRISTAN:
geht nicht

ICH:
Ich habe auf diese abgehackte Schreiberei keinen Nerv. Ich werde mich nicht mehr melden.

TRISTAN:
ok

Was habe ich denn jetzt getan? Mein Gehirn kapiert gar nichts mehr und schüttelt sich. Ich habe ihm den Laufpass gegeben. Will ich das? Nein, und es tut mir jetzt schon leid. Tristan hat bei seiner Frau wahrscheinlich nicht viel zu lachen, auf der Arbeit auch nicht und jetzt lasse ich ihn auch einfach fallen. Aber ganz ehrlich, muss ich mir das antun? Ich bin eine selbstständig denkende Frau und jetzt muss ich an die Worte meiner

Freundin denken, die immer sagt: „Der Mann, der uns bekommt, soll uns behandeln wie eine Königin und er muss uns verdient haben, uns etwas bieten. Wenn man sich keine Frau leisten kann, dann gibt es keine, oder eine Frau wie wir, muss man sich leisten können."

Und sie hat recht.

Ich muss mich nicht mit SMS wie -ficken- auseinandersetzen. Mit mir kann man in kompletten Sätzen reden, wie mit jedem anderen auch. Tristans Art und Weise, wie er mir schreibt und wie er mit mir redet, ist so erniedrigend, das will ich nicht. Mein Gehirn startet gerade die Sortierung der Fragezeichen, denn mit einem solch bewegenden Gedankengang hat es nicht gerechnet und es sortiert alles fein in die einzelnen Ablagen, sodass ich nichts davon vergesse. Es leistet enorme Arbeit und ich bin dankbar dafür, dass ich mich nicht auch noch darum kümmern muss. Jetzt muss es mir nur helfen, all meine guten Vorsätze, wo bestimmt noch einige dazu kommen, umzusetzen und einzuhalten. Einhalten ist für mich besonders wichtig, denn in manchen Dingen bin ich zu schwach und verfalle in alte Muster. Das ist eine Eigenart, die ich leider in meinem Alter echt noch lernen muss.

Als Erstes muss ich lernen, wieder normal zur Arbeit zu gehen. Zweitens, nicht bei jedem grünen Wagen, der mir entgegenkommt, vor lauter Winkerei aus dem Autofenster zu fallen und nicht an jeder Kreuzung nach Tristan Ausschau zu halten. Und drittens, diese Schnüffelei im Handy, ob er online ist oder nicht, sein lassen. Am besten lösche ich direkt seine Nummer. Was ich nicht getan habe.

*D*as neue Jahr hat schon lange begonnen und ich bin stolz auf mich selbst. Alle meine Vorhaben, Tristan betreffend, habe ich umgesetzt und ich klopfe mir selbst auf die Schulter. Es geht auch ohne Handypieperei. Daran habe ich mich mittlerweile gewöhnt. Den kompletten SMS-Chat mit Tristan habe ich auf meine Festplatte verbannt, warum weiß ich nicht und ob er online ist, schaue ich nicht mehr. Ich habe bemerkt, dass ich mein Leben von Tristan beeinflussen ließ und habe mich umgewöhnt. Selbst die Strecken, die er häufig fährt, meide ich, um ihn nicht zu sehen. Das gelingt mir wirklich gut. Schon lange habe ich nichts mehr von ihm gehört.

Der Mai hat einfach etwas Fantastisches, alles beginnt zu blühen, alles ist hell, warm und freundlich und mir scheint, an diesem Tag besonders. Am Morgen habe ich mich dazu entschlossen, shoppen zu gehen, denn ich habe meiner Meinung nach, nichts mehr im Schrank, was ja bekanntlich Blödsinn ist, aber es muss sein. In dieser Woche habe ich Urlaub und genieße diesen mit allem, was dazu gehört. Zwei Tage war ich mit Mattis in Münster. In einem sehr teuren Hotel, mit exklusivem Restaurant, indem man sein Abendessen unter einer silbernen Glocke serviert bekommt. Das hat mir imponiert. Mattis gibt sich alle Mühe, mich zufriedenzustellen. Ich genieße seine Taten, aber trotz all dem vermisse ich etwas in meinem Leben. Nähe, Wärme, Zusammengehörigkeit, Zärtlichkeit. Das alles fehlt bei Mattis. Er ist ein netter Mann und überrascht mich auch immer wieder mit verrückten Ideen, meist kostspielig und übertrieben. Aber, das ist nicht alles. Zu Weihnachten bekam ich von ihm eine goldene Kette, die wahrscheinlich das Doppelte gekostet hat, wie ich in drei Monaten verdiene.

In der Stadt ist es angenehm warm. Die Geschäfte sind nicht allzu voll und im Straßencafé sind reichlich freie Plätze. Vollgepackt mit toller Kleidung laufe ich zum Auto und denke bei mir, dass ich auf der Rückfahrt nach Hause kurz beim Lotto-Laden anhalten muss, denn ich möchte gern wieder Lotto spielen und zur Post muss ich auch noch. Die Rückfahrt ist sehr ruhig. Auf der Autobahn ist nicht viel los und so geht es zügig Richtung Heimat.

Am Lotto-Laden angekommen, ist es schon fast sechzehn Uhr. Es stört mich nicht, denn im Urlaub nehme ich mir Zeit. Lottoschein abgeben, niemand ist vor mir und nun noch zur Post nebenan. Dort muss ich warten, drei Kunden sind vor mir. Entspannt beobachte ich das Geschehen vor mir, bis ich an der Reihe bin. Die Briefmarken sind gekauft und jetzt ab nach Hause. Meine Gedanken beschäftigen sich mit den Dingen, die ich gleich noch erledigen möchte. Kleinigkeiten wie Waschmaschine anschalten und Spülmaschine ausräumen.

Auf dem Bürgersteig vor der Post bleibe ich wie versteinert stehen. Tristan. Wo kommt er denn her?

„Hallo, schöne Frau", sagt er kaum hörbar.

„Hi", ist alles, was ich sagen kann.

„Ich habe dein Auto gesehen", legt er direkt hinterher.

„Ah."

Au man, ich habe ihn aus meinen Gedanken verbannt und jetzt steht er vor mir, als wäre nie etwas gewesen. Als hätten wir gestern erst geschrieben. Als wenn alles normal sei. Tickt der noch ganz richtig? Schickt mein Gehirn direkt an mich. Es hatte bis jetzt Erholungsurlaub und Kur zugleich, bis jetzt.

„Ich würde dich gern wiedersehen", sagt Tristan so leise, dass ich genau hinhören muss.

„Und wie?", ist meine einzige Antwort.

„Ich bin am Freitag beim Kunden und somit komme ich recht spät zur Zentrale, dann ist dort niemand mehr, so um einundzwanzig Uhr."

Es war unglaublich. Dieser Mann kann in ganzen Sätzen reden. Mir fällt alles wieder ein, die kurzen SMS, die abgehackten Sätze und natürlich auch das Wort -ficken-.

„Und dann? Soll ich zur Zentrale kommen?", will ich wissen.

„Ja, gern. Wenn du magst, ich würde mich freuen", sagt er ganz nah an meinem Ohr.

„Wollen wir neu starten?", muss ich unbedingt wissen.

„Ja absolut."

Was war in all den Wochen oder Monaten passiert?

Hat er sich geändert? Tristan ist so freundlich und höflich zu mir, wie ich es aufgrund der letzten SMS nicht in Erinnerung habe. Er steht mit mir sehr nah zusammen auf einem Bürgersteig an einer viel befahrenen Straße und redet mit mir. Wenn seine Frau jetzt vorbeifährt und uns sieht, hat er wieder Theater zu Hause. Wo nimmt er jetzt all den Mut her, mich anzusprechen? Ich konnte nicht mehr klar denken und mein Gehirn gibt mir Signale, nichts zu unternehmen und schießt mir Kopfschmerzen in die Stirn, um mir so zu signalisieren, dass ich rasch von da verschwinden soll und mich nicht noch einmal auf Tristan einlasse.

„Okay, ich bin da", bestätige ich wie in Trance.

Leicht grinsend verabschiedet Tristan sich von mir. Ich stehe immer noch wie versteinert mit dem Bürgersteig verbunden an derselben Stelle. Bin ich wahnsinnig? Wie kann ich denn da jetzt zusagen. Tristan hat eine Anziehungskraft, die mich völlig willenlos macht. Mein Hirn schüttelt sich und verliert den Verstand. Total durcheinander gehe ich zum Auto, steige ein, und sitze in meinem Auto. Alles so unwirklich, aber geträumt habe ich nicht. Tristan war wirklich da. Hat er sich geändert? Was war passiert? Ist er bei seiner Frau schon wieder, wie so oft, auf Sexentzug? Eine Antwort finde ich nicht und ich fahre nach Hause.

Die Vorhaben, daheim noch viele Sachen zu erledigen, lösen sich in Luft auf. Meine Gedanken sind mal wieder bei Tristan. Erneut muss meine Kaffeemaschine ihren treuen Dienst erbringen. Ich genieße den Kaffee und wundere mich über meine Gedanken. Heute ist Mittwoch und bis Freitag noch lange hin. Viel zu lange.

Auch am Donnerstag und Freitag scheinen die Uhren langsamer zu laufen als sonst. Am Freitagnachmittag beginne ich bereits, mich vorzubereiten, duschen, rasieren, Gesicht sanieren und Kleidung heraussuchen. Machen andere Menschen, die ein Date haben, auch so einen wahnsinnigen Aufwand? Mein Perfektionismus ist vielfach maßlos übertrieben, für mich aber ok, denn ich weiß, dass dann alles richtig ist. Für mich zumindest.

Bis zur Zentrale, bei der Tristan beschäftigt ist, brauche ich zwanzig Minuten. Dennoch fahre ich, wie beim letzten Treffen, sehr zeitig los. Es kann ja immer unterwegs was sein. Reifenpanne oder so, was vorkommen kann, aber doch sehr unwahrscheinlich ist. Ich will einfach nicht zu spät kommen und ich genieße den Gedanken an ihn und die Vorfreude so sehr. Allerdings kann ich vorher natürlich nicht zur Zentrale fahren, denn mich darf ja niemand von seinen Kollegen sehen. Tristan schrieb mir mal, dass seine Frau auch ab und zu zur Zentrale kommt, einfach so, wenn sie in der Richtung unterwegs ist, so lautet ihre Version. Aber er schrieb auch dabei, dass es seiner Meinung nach von ihr nur Kontrolle ist. In dem Betrieb arbeiten auch einige Frauen, mehrere Zeitarbeiter wie das in diesem Job so ist, und Tristans Frau unterstellt ihm Untreue. So ganz Unrecht hat sie ja nicht, aber es passiert nicht mit seinen Arbeitskolleginnen, sondern mit mir. Und von mir weiß sie nichts, so hoffe ich. Wenn wir uns später sehen, werde ich ihn genau danach fragen, ihn fragen, ob seine Frau mich kennt, ob ich schon mal Gespräch bei ihnen war.

Meinen Oldtimer lenke ich in dem Industriegebiet in eine Seitenstraße, von der aus ich genau sehen kann, wer in die Einfahrt des Garten- und Landschaftsbaus fährt. Und natürlich auch, wer hinausfährt. Einige Wagen passieren die Einfahrt, bestimmt auf dem Weg nach Hause und ins Wochenende. Mein Herz pocht sehr und ich kontrolliere noch einmal mein Aussehen im Innenspiegel. „Alles perfekt", sage ich zu mir selbst. Es ist noch früh und ich piepe Tristan an, wie er vorankommt. Er hat mir heute Morgen geschrieben, dass er nach Wuppertal zu einem neuen Kunden und noch zu einer bereits bestehenden Baustelle muss.

ICH:
Wie läufts...?
Ich freue mich auf dich !!

TRISTAN:
stehe im Stau

ICH:
Macht doch nix, keep cool.

TRISTAN:
scheiße

ICH:
Du wirst gleich wieder bessere Laune haben (Knutschi)

> **TRISTAN:**
> will ich hoffen. Haste wenig an?

Diese Frage traf mich unvorbereitet. Ich habe mir so viele Gedanken gemacht, was ich anziehe. Die Wetterlage lässt leichte Kleidung nicht zu, denn es ist abends wirklich noch sehr kalt. Also habe ich mich zu Jeans entschlossen, eine schwarz /weiß gestreifte Bluse, darunter ein schwarzer Spitzen-BH, passendes Höschen und schwarze Lederstiefel, die bis zur Wade gingen. Alles verdeckt mit einem langen schwarzen Mantel.

> **TRISTAN:**
> bist schon da?

> **ICH:**
> Ja

> **TRISTAN:**
> dauert noch, 20 min später

> **ICH:**
> kein Problem

> **TRISTAN:**
> mach ma Foto

Natürlich ist es kein Problem für mich zu warten, aber ich bemerke, dass meine Laune schlagartig in den Keller fällt. Auf die Aufforderung ein Foto zu machen reagiere ich nicht. Also bitte, was soll ich denn hier auf dem Standstreifen in einem Industriegebiet für ein Foto machen? Meint er, dass ich mich hier jetzt ausziehen, um was auch immer zu fotografieren. Nein.

In vergangenen SMS habe ich ihm schon erklärt, dass ich nichts von der Fotomacherei halte und es auch keine Fotos von mir im Netz gibt, und so soll es auch bleiben. Dann verlangte er zwischendurch ein Video von mir. Ich bin nicht weiter darauf eingegangen, was ich filmen soll. Dieser Wunsch von ihm verlief Gott sei Dank im Sand. Aber immer diese Fotoschickerei? Ist er ein Fotosammler? Soll es geben. In einer Reportage vor ein paar Tagen war genau das Thema, Menschen die Fotos in allen Varianten von anderen sammeln. Dazu gehöre ich nicht.

TRISTAN:
schick

ICH:
Siehst du gleich in Natura !!

TRISTAN:
Jou

An dieses Wort -jou- musste ich mich auch erst gewöhnen. Und immer noch stelle sich mir die Frage, was es bedeutet. Gleichgültigkeit? Eine kurze Bestätigung? Oder was? Auch danach werde ich ihn gleich fragen.

Einundzwanzig Uhr fünfzehn und Tristan rollt die Straße entlang. Das Fenster an meinem Auto habe ich ein wenig geöffnet und so höre ich ihn bereits, obwohl ich ihn noch nicht sehe. Jetzt sehe ich seinen LKW und in mir entsteht Achterbahn. Zwei Minuten warte ich noch, dann piepe ich ihn an.

ICH:

Bist du allein?

TRISTAN:

ja komm rüber

-Komm rüber-? Hat er mich schon gesehen? Beim nächsten Mal muss ich mir einen anderen Spionage-platz suchen, wo er mich nicht sofort sieht. Zeitgleich zu meinem Spionagegedanken starte ich den Motor und fahre auf den Platz der Zentrale.

Auf dem Platz scheint nur eine schummrige Laterne, das Licht des Vordaches leuchtet grad so, dass ich ihn schemenhaft erkennen kann, als ich aus dem Auto steige. Es ist kühl, aber er ist verschwitzt, was mich total an-macht, seine Kleidung staubig und zerrissen. Als ich auf ihn zu komme, sieht er meinen langen schwarzen Man-tel fliegen, die Bluse darunter ist schon halb geöffnet. Seine Augen laufen über und ich sehe, als ich näher-komme, seine Arbeitshose, im sanften Licht zeich-net sich sein Schwanz ab. Hart, geil und willig. Er zuckt, ich kann das ganz genau sehen. Vorfreu-de. Auf ein geiles Abenteuer. Er haucht ein leises -N'abend-, ich kann vor Geilheit kaum atmen, jetzt schon schwer und rhythmisch, als stecke sein Schwanz schon in mir. Ohne Worte, weil er mich küsst, öffne ich eilig und gierig seine Arbeitshose und sein Prachtstück springt mir entgegen. Ich drehe mich um, mit dem Rücken zu ihm. Er greift meine Haare, reißt meinen Kopf nach hinten...für Zärtlichkeiten bleibt keine Zeit. Seine Finger ficken mich, doch das reicht mir nicht, mein Arsch reibt die ganze Zeit an seinem Schwanz....ich muss ihn haben, jetzt...JETZT... Ich nehme ihn mir, er gleitet so geil in meine Muschi, die vorher gut geölt, den Weg bereitwillig frei gibt. Er hat schon so lange nicht mehr gefickt, dass ihm heiß und kalt wird, mit unendlicher Gier, immer noch tiefer und härter in meine Muschi zu stoßen. Ohne Worte mache ich ihm klar, dass ich es hart und tief haben will, indem ich bei jedem seiner Stöße zu ihm ran rutsche, ihm entgegenkomme. Seine Gedanken flimmern mit jedem Stoß weiter, Tristan schließt die Augen, sprechen ist in diesem heftigen Rhythmus nicht mehr möglich.

Immer tiefer, immer heftiger. Bei dem Tempo halten wir beide nicht lange durch. Ich merke, wie es sich bei ihm aufstaut, er versucht zurück zu halten, geht aber nicht. Er kommt, wahnsinnig heftig mit noch festeren Stößen und spritzt alles auf meine Pobacken. Herrlich, das zu verreiben.

Zeitgleich, wie angepasst komme ich mit... Tristan muss mich halten, denn ich schwanke, ich genieße diese Fürsorge. Wie sagt man: schwindelig gevögelt.

Ich drehe mich um, und küsse ihn, er erwidert es immer noch gierig. Teil 2 eventuell...?

Es dauert einen Moment, aber nun kann ich auch wieder sprechen: „Guten Abend, hübscher Mann."

Tristan grinst mich an, in seinem Gesicht sehe ich Zufriedenheit. „Du musst dir einen anderen Parkplatz suchen, da wo du dich hingestellt hast, kann dich jeder sehen", rügte er mich mit freundlicher Stimme. Ich will gerade jetzt nicht über meine Unfähigkeit zu parken reden. So viel will ich ihm erzählen und fragen, aber er brach meine Gedanken abrupt ab. „Ich werde meiner Frau erzählen, dass ich noch tanken musste, weil ich so spät bin."

Was hat seine Frau denn jetzt in unserem Beisammensein zu suchen? Und ich bin mal wieder sprachlos. Noch voll von dem wohligen Gefühl des Orgasmus redet er nun von seiner Frau. Mein Gehirn meldet sich, verschwinde...jetzt...schnell...! Ich höre nicht darauf, im Gegenteil: „Deine Frau interessiert mich nicht, du interessierst mich, du und dein Freund." Ich fasse ihm vorsichtig in den Schritt, aber sein Freund hat sich schon müde und klein verabschiedet und ich spürte ihn kaum noch durch die Arbeitshose. Seine Hand wischt meine leicht beiseite mit den Worten: „Der ist fertig und ich muss jetzt wirklich los." Tristan nimmt mich kurz in den Arm, drückt mir einen Kuss auf und dreht sich zum LKW, indem er noch reichlich Sachen hat, die er mit nach Hause nehmen muss. In meinen Augen war Leere zu sehen, aber Tristan dreht sich nicht mehr nach mir um und kramt weiter in dem LKW. Meine Füße bewegen mich zwei Meter zurück. Es kommt mir so vor als würde ich Tristan einfach allein lassen, mit seinen Gedanken, mit seiner Sehnsucht nach mir, mit seiner Frau.

„Tschüss hübscher Mann, schönes Wochenende", rufe ich ihm in meinem Rückwärtsgang entgegen. Er sagte nichts und winkt nur mit einer Hand in meine Richtung. Vielleicht hat er auch -Tschüss- gesagt, aber ein anderer LKW mit lautem Motor fährt die Straße entlang und ich kann es nicht hören. Er hat bestimmt -Tschüss- gesagt.

Zu Hause angekommen dreht sich mein Kopf. Es ist halb elf als ich in der Küche auf die Uhr schaue. Mein Mantel hängt schon im Flur an der Garderobe. Meine Tasche hänge ich immer an einen Küchenstuhl. Normalerweise ist es nicht meine Art so spät noch Kaffee zu trinken, aber genau das halte ich jetzt für richtig. Meine Kaffeemaschine muss wieder ihre treuen Dienste leisten. Den Kaffee nehme ich mit auf mein Sofa, das ist gemütlicher als der Küchenstuhl.

Fünfunddreißig Minuten habe ich ihn gesehen und jetzt wird mir auch bewusst, wie schnell er wieder in seinen Klamotten war und sein Reißverschluss sich schloss. All das nur, um zu seiner Frau zu kommen. Mit der er doch nicht zufrieden ist. Was ja nicht so ganz stimmen kann, denn da sind immer noch die drei Kinder, die bestimmt nicht von einer unbefleckten Empfängnis übriggeblieben sind. In meinem Kopf rotiert mein Gehirn schon wieder, noch aufgewühlt von den wenigen Minuten, die Tristan mir geschenkt hat, aber auch bei den Gedanken, dass ich ihn nach seiner Frau fragen wollte.

Passend wäre das allerdings nach dem schönen Beisammensein nicht gewesen. Und ich wollte ihn nach den knappen Antworten fragen und danach, warum er immer Fotos haben möchte, und welche. Nichts von all dem habe ich angesprochen...ja, wann denn auch? Ich nehme mir mal wieder vor, all das zu fragen, wenn ich ihn wiedersehe. Vielleicht kommt er ja zur Tankstelle und wir können da reden. Um mir alles behalten zu können mache ich für mich eine Liste mit Stichpunkten, was ich ihn fragen will.

Jetzt ist Wochenende und das bedeutet für mich, dass ich Tristan erst wieder am Montag höre, bzw. lese. Ich hoffe, er schreibt.

Zwölf

*D*as Telefon reißt mich am Montagmorgen hektisch aus dem Schlaf. „Es ist viertel vor sieben, können wir heute noch mit dir rechnen?", höre ich eine völlig entnervte Stimme am Handy. Meine Chefin erinnert mich unsanft daran, dass ich verschlafen habe. Das ist mir in all den Jahren bisher nicht passiert. Ich bin schon einige Male später aufgestanden, war aber immer pünktlich beim Job. „Es tut mir leid, guten Morgen, ich habe verpennt, ich komme", antworte ich ohne gesammelte Sinne, mein Gehirn ist auch noch nicht wach. „Gib Gas", kommt aus dem Hörer und dann wird aufgelegt. Meine Chefin hat einfach aufgelegt. Freundlich ist das nicht gerade, aber meine Chefin ist auch nicht freundlich, weder zu mir noch zu den anderen Angestellten noch zu den Kunden. Oft kommen Beschwerden bei mir an, die ich nie weitergeleitet habe. Warum auch immer. Ich mag meine Chefin nicht, denn sie ist das genau Gegenteil von meinem Chef. Dirk ist netter und lebensnaher als sie.

Für mich ist es jetzt zu mühsam, mir Gedanken darüber zu machen. Manches nehme ich so hin, wie es ist. Andere Dinge sind wichtiger. Tristan zum Beispiel. Heute war Montag, mittlerweile bereits sieben Uhr. Seine Zeit.

In der Tankstelle herrscht völliges Durcheinander, die Zeitungen sind nicht ausgepackt und die Theke, die ich immer sehr liebevoll dekoriere und einräume, ist lückenhaft mit Backwaren bestückt. Nun, jetzt bin ich ja da und in einer Stunde sieht das alles wieder richtig gut aus, denke ich wohlwollend, als mich eine Stimme aus dem Hintergrund anmacht: „Schön, dass du auch endlich da bist. Wird das jetzt zur Gewohnheit?", fragt meine Chefin in einer Tonlage, dass ich am liebsten wieder nach Hause gefahren wäre. „Nein, und es tut mir leid, ich habe doch einfach nur verschlafen, ich mache jetzt Hartgas", versuche ich ihr ein wenig die Energie zu nehmen, aber das funktioniert überhaupt nicht.

„Wenn hier jeder macht, was er will, ist das ja schön", zischt sie mir entgegen und läuft mit einem Paket Zeitungen in meine Richtung.

„Ich bin doch jetzt hier", versuche ich mich zu verteidigen, aber in ihren Augen sehe ich nur die pure Wut. Was habe ich denn Schlimmes getan, oder besser, was ist ihr in der Stunde meiner Nichtanwesenheit Böses widerfahren, frage ich mich still. Für meine Ruhe und meine Sorgfalt werde ich immer gelobt und auch jetzt versuche ich in dieser Situation Ruhe zu verbreiten, aber das geht im Moment völlig schief. Also entschließe ich mich nichts mehr zu sagen und meine Arbeit fix und korrekt zu erledigen, damit ich der Krähe keinen Grund mehr zu meckern gebe. Manchmal ist es besser und klüger, den unteren Weg zu gehen und sich seinen Teil zu denken. Leider bin ich auf diesen Job angewiesen, denn mit Anfang fünfzig noch mal einen neuen Job suchen ist schwer. Aber nicht unmöglich, sollte ich darüber nachdenken. Also halte ich meine Klappe und funktioniere, wie sie es gerne hätte. Nach einer Stunde ist das Chaos beseitigt und es kehrt Ruhe ein, nicht nur aus der Tatsache, dass meine Chefin gefahren ist, wohin auch immer, auch dass Dirk ihren Platz eingenommen hat.

„Na, heute verpennt?", fragt er mich, viel freundlicher als seine Frau.

„Ja, und es tut mir leid", antworte ich recht leise, zum dritten Mal.

„Mach dir keinen Kopf, alles gut, kann passieren", sagt Dirk mit einer sehr ruhigen Stimme.

„Danke", reicht für mich als Antwort völlig aus, denn ich habe keinerlei Lust auf weitere Diskussionen. Für Dirk ist das Thema erledigt und für mich ebenso. Während des ganzen Gewusels in der Tanke habe ich nicht auf mein Handy geachtet, denn es ist schon zehn Uhr und Tristan müsste lange geschrieben haben. Nach all dem Stress ist es für mich Zeit eine Zigarette zu rauchen und so bin ich mit Zigarette und Handy im Hinterhof der Tankstelle verschwunden, wobei ich durch eine Tür den Kassenraum genau überblicken kann, falls ein Kunde kommt. Tristan hat noch nichts geschrieben. Also entschließe ich mich, ihm zu schreiben.

> **ICH:**
> Guten Morgen

Nachricht gesendet, es piept zur Bestätigung. Zwei Minuten später:

> **TRISTAN:**
> Moin.

Wieder nur ein Wort. Ich verstehe das nicht. Bin ich wirklich nur ein Wort wert?

> **ICH:**
> Wie war dein Wochenende?

> **TRISTAN:**
> geht so

> **ICH:**
> Keinen Sex?

> **TRISTAN:**
> nö

> **ICH:**
> Naja...hattest ja am Freitag mich...:-))

> **TRISTAN:**
> jou

> **ICH:**
> es war sehr schön.

TRISTAN:
jap

ICH:
alles ok bei dir?

TRISTAN:
nö

ICH:
was ist passiert?

TRISTAN:
geht schon

ICH:
wollen wir uns treffen? Reden?

TRISTAN:
ne. Is mein Problem

ICH:
kann ich dir helfen? Irgendwie?

TRISTAN:
nein. Themawechsel.

ICH:
darf ich dich zum Frühstück in der
Tanke einladen? Dich aufheitern!

TRISTAN:
ne, lass mal

ICH:
wie kann ich dich aufheitern?

TRISTAN:
schick mir Video

ICH:
Was für ein Video?

TRISTAN:
ein geiles von dir

ICH:
habe ich nicht.

TRISTAN:
mach eins, nur für mich

ICH:
Ich bin arbeiten, das geht nicht.

TRISTAN:
dann später !!! nen Geiles.

Die Woche fängt ja gut an. Und ich dachte, das Thema Foto und Video sei kein Thema mehr, aber anscheinend doch. Ich verstehe nicht, warum er ein Video von mir haben will. Es wird kein Video von mir geben.

Das fehlt auch noch. Erst kürzlich habe ich in dieser besagten Reportage gesehen, wie ein Mann aus Rache Bilder von seiner Ex ins Netz gestellt hat. Eindeutige pornografische Fotos. Die Frau kann einpacken, habe ich gedacht. Jeder erkennt sie auf den Fotos. Einfach grausam, wie man so etwas machen kann. Und deswegen werde ich Tristan kein Video schicken.

ICH:
nein, ich mache kein Video.

TRISTAN:
du bist genau
wie die anderen.

ICH:
bitte......??????

TRISTAN:
zu Hause habe ich
auch nur leere Versprechen.
Danke.

ICH:
...?...

TRISTAN:
und du bist nicht besser!!!

Das trifft mich wie ein Schlag. Was habe ich ihm denn jetzt getan? Tristan ist sauer, dass ich ihm kein Video schicke. Mittlerweile ist es Mittag und ich bin froh, dass meine Schicht gleich beendet ist. „... und du bist nicht besser", schreibt er. Ich bin nicht wie seine Frau. Wie er so etwas behaupten kann, ist mir rätselhaft. Gern würde ich erfahren, was an dem Wochenende passiert ist, aber Tristan hat aus heiterem Himmel einen SMS-Streit angezettelt. Was für ein Morgen, erst verpenne ich, dann streitet Tristan mit mir. Ich wäre besser im Bett geblieben.

An diesem Tag, so nehme ich mir vor, werde ich ihm keine SMS mehr schreiben. Die Anmache von meiner Chefin und von Tristan reichen mir für heute. Vielleicht hat er sich morgen wieder beruhigt und meldet sich von sich aus ... bestimmt.

Dreizehn

Dienstagmorgen, und mein Wecker klingelt um vier Uhr dreißig. Viel zu früh für mich, aber gestern habe ich es nicht mehr geschafft zu duschen; ich war so wuschig im Kopf. Immer wieder muss ich über den Satz von Tristan nachdenken, dass ich wie seine Frau bin, dass ich nicht besser bin. Er kennt mich doch gar nicht, wie kann er dann so urteilen. Nach der Dusche und zwei großen Tassen Kaffee bin ich nicht weniger wuschig. Der Tag gestern war echt der Kracher. Heute bin ich zeitig wach. Das von gestern soll mir nicht noch einmal passieren. Meiner Chefin, dieser Furie, darf ich kein neues Meckermaterial geben. Ich weiß gar nicht, wie Dirk es mit ihr aushält.

Die Zeit bei meinem morgendlichen Kaffee ist für mich wie ein kleines Ritual geworden. In aller Ruhe wach werden. Aber diese Ruhe verleitet mein Gehirn und mich, über die Geschehnisse von gestern nachzudenken. Also nehme ich mein Handy, um alles noch einmal nachzulesen. Tristan ist online. Er ist um fünf Uhr online. So früh …! Vielleicht kann er nicht schlafen und denkt über mich nach. Dass er mir gestern Unrecht getan hat und gemerkt, dass ich ihm gar nichts Böses will. An dem Wort -online- bleibe ich hängen und schaue auf die Digitalanzeige an meinem Handy. Nun ist er schon sieben Minuten online, beobachtet er mich genau wie ich ihn? Vielleicht. Mit zwei gekonnten Fingertipps, ich lerne ja dazu, gelange ich wieder zum Startbildschirm an meinem Handy. Aber egal, wie lange ich es anstarre, es piept nicht. Er schreibt mir nicht.

Die Zeit ist gekommen und ich muss aufbrechen, sonst komme ich, trotzdem ich früh aufgestanden bin, wieder zu spät. Während der Fahrt denke ich darüber nach, dass ich lange schon nicht mehr mit meiner Freundin geredet habe und so schreibe ich ihr während der Fahrt eine SMS, ob wir uns später treffen können, vielleicht irgendwo etwas essen und quatschen, wie Freundinnen das so tun.

Meine Freundin ist sonderbar, lieb gemeint. Sie ist verheiratet, hat aber eine Affäre. Sie kann diese aber nur führen, wenn Gefühl im Spiel ist. Viele Treffen fanden schon statt, mit Sex, aber für sie nicht gut. Sie will mehr, mehr Treffen, mehr Sex, irgendwie in seinem Leben die Hauptrolle spielen. Das geht aber bei Affären nicht oder selten. Der Mann, sehr wohlhabend, selbst verheiratet, wird sich nicht für sie entscheiden. Oder doch, aber warum? Für ihn läuft doch alles gut. Sie bewundert mich, dass ich mit Männern schlafen kann, ohne Liebe, nur mit Sympathie. Ich höre ihr oft zu, sie klagt, bekommt dann von mir ehrliche Antworten, die manchmal wehtun, aber sie ändert nichts. Alles schwierig.

Wir treffen uns gegen siebzehn Uhr in einem kleinen Café in der Nähe der Tankstelle, aber ich bin mit meinen Gedanken ganz woanders, schon wieder bei Tristan. Ich habe ein schlechtes Gewissen meiner Freundin gegenüber, denn ich folge ihren Worten gar nicht. Hoffentlich merkt sie es nicht, doch meine Hoffnung verhallt, indem sie mir eine Frage stellt, auf die ich keine Antwort habe und in ihrem Gesicht fallen alle Gesichtszüge herunter. Sie sagt mir, dass ich diesem Typ ein für alle Mal den Laufpass geben soll, dann hätte ich auch wieder mehr Freiheit in meinem Gehirn, um ihr zu helfen oder einfach nur zuzuhören und natürlich auch sie zu verstehen. Ich hatte ihr schon so viel über Tristan erzählt, sie weiß alle Einzelheiten. Immer hat sie mir zugehört, mir Ratschläge gegeben und nun bin ich als Freundin nicht für sie da. Ich merke selbst, wie unfair das ist. Aber mein Kopf ist voll mit so viel Müll und loser Gedankenschüttung.

Sie steht auf und verabschiedet sich mit den Worten: „Melde dich, wenn du wieder klar denken kannst."

Das tat weh, aber ich kann sie verstehen.

Vierzehn

*I*ch hätte auf mein Gehirn hören sollen, dann würde es nicht so wehtun.

Februar 2017 und jetzt stehe ich hier abends auf dem Parkplatz, auf dem wir unser zweites Treffen hatten, sitze in meinem Auto und versuche nachzudenken. Es ist mittlerweile Wochen oder besser Monate her, dass ich Tristan gesehen habe. Ab und zu haben wir geschrieben. Bis ich bemerke, dass mein Gehirn der Überforderung der Denkerei erlegen ist und ich keine Antworten mehr erhalte. Wozu auch? In den letzten zwei Jahren hat es mir immer hervorragende Ratschläge gegeben, die ich fast nie befolgt habe. Jetzt hat es sich bei diesem Thema abgeschaltet und ich weiß mit dieser Tatsache nicht umzugehen. In meinem Kopf herrscht Leere. Was habe ich nicht alles investiert, so viele SMS geschrieben, so viele Vorschläge gemacht, wie Tristan mit der Situation oder besser, der Affäre umgehen kann. Aber Tristan hat alles beendet und genau so stand das in der letzten SMS, die ich von ihm bekam. Das ist mittlerweile schon so lange her.

Ich setze meine Lesebrille auf und suche in meinem Handy den Chat mit Tristan, so wie ich es schon oft getan habe. Nicht um zu überprüfen, ob er online ist, das interessiert mich nicht mehr; ich lese die letzten SMS noch einmal, um vielleicht zu verstehen, warum alles beendet ist. Am heutigen Tag gingen einige SMS hin und her bis siebzehn Uhr. Dann wurde es ruhiger. Über die Pausen zwischendurch habe ich mir schon lange keine Gedanken mehr gemacht. Um neunzehn Uhr schreibe ich ihm erneut. Irgendwie kann ich nicht anders.

> **ICH:**
> hey du...

> **TRISTAN:**
> psst – (und hängt einen Smiley mit Reißverschluss am Mund an.)

Ich konnte damit, mal wieder, überhaupt nichts anfangen und so beschloss ich ihn anzurufen, er war bestimmt bei seinem Zweitjob beschäftigt. Es klingelt zweimal, dann das Besetztzeichen. Tristan hat mich weggedrückt. Mit mir telefonieren will er nicht. Ist er wohl nicht allein? Also frage ich vorsichtig per SMS.

> **ICH:**
> Ich soll leise sein?

> **TRISTAN:**
> Ja

ICH:
Ok

TRISTAN:
Brauche Ruhe kein Nerv

TRISTAN:
Was penetrant

ICH:
Das bin ich nicht. Ich wollte nur ein wenig mit dir reden ...

TRISTAN:
wir lassen das

ICH:
was lassen wir...?

TRISTAN:
alles, für dich alles Gute

ICH:
?

Das war seine letzte SMS, in der er mir alles Gute wünscht. Wie in einer Absage bei einer Bewerbung - wir wünschen Ihnen für Ihren weiteren Berufsweg alles Gute.

Tränen laufen über mein Gesicht, während ich das lese und ich habe das schon x-mal gelesen. Wieder und wieder, und nie finde ich auch nur einen Ansatzpunkt, warum er Schluss gemacht hat. Bin ich wirklich so nervig? Aus einer Packung Papiertaschentücher nehme ich mir eines und wische meine Tränen weg. Von diesem Utensil brauche ich in den letzten Wochen so viel, wie ich noch nie benötigt habe, auch nicht, wenn ich erkältet war.

Und es war doch alles so schön, am Anfang. Grad jetzt erinnere ich mich an den einen Tag im Sommer. An eines unserer Treffen, es waren ja nur vier. Tristan piepte mich an und fragte, ob ich Zeit hätte ... jetzt!

Es war ein Tag wie jeder andere, dachte ich, doch ich wurde eines Besseren belehrt. Tristan schlug vor, dass wir uns treffen. Nur das Problem war, wo. Der Gedanke, mich irgendwie in meinem alten Auto zu verrenken, war blöd und es fühlte sich jetzt schon unbequem an. Also ließ ich mich dazu hinreißen, dass wir uns bei mir treffen. Mit meinem Feierabend passte es, denn ich musste an diesem Tag nur bis dreizehn Uhr arbeiten.

Vom Küchenfenster aus konnte ich die Straße beobachten und genau sehen, welches Auto kommt und geht. Ein silberfarbener Kombi fuhr langsam die Straße entlang. Auf der Suche nach irgendetwas, einer Hausnummer vielleicht. Leider konnte ich nicht erkennen, wer sich im Fahrzeug befand. Die Uhr zeigte 14:45 und das wäre fast die Zeit, in der Tristan und ich verabredet sind. Wahrscheinlich ist er durch die Baustelle im Ort zügig vorangekommen, sodass er jetzt schon da war und nicht um fünfzehn Uhr, wie verabredet. Das machte aber nichts, ich war vorbereitet, richtig vorbereitet. Frisch geduscht, allerdings ohne Parfum, glattrasiert, Beine wie Scham, mit noch nassen Haaren. Die schwarzen halterlosen Strümpfe rutschten leicht auf den rasierten Beinen. Eine schwarze Seidenbluse, geöffnet, hohe Pumps und ein mehr als knapper String rundeten mich als Gesamtkunstwerk ab.

Meine Türklingel fiepte kurz. Sie ist defekt, doch ich sträube mich davor, eine neue anzubringen, weil sie ja noch funktioniert, wenn auch leise. Da ich weiß, dass meine Haustür von allein aufgeht, tippte ich nur den Knopf der Automatik und stellte mich, repräsentativ, mit dem Rücken an die Wand gelehnt, in den Flur. Die Tür öffnete sich langsam, mit Bedacht, und ich sah ihn. Arbeitsklamotten mit Neonstreifen, nicht schmutzig, dazu trug er schwere Arbeitsschuhe. Kurz blieb er in der Tür stehen, schaute mich an, drehte sich sehr langsam um, schloss die Tür, drehte sich wieder zu mir und kam selbstbewusst auf mich zu.

„So mag ich mein Baby", sagte er, während seiner lauten Schritte auf dem Parkettboden. Seine, nach hinten gegelten, Haare bewegten sich keinen Millimeter und seine Schritte konnte man wirklich als hüpfend bezeichnen. So lief er sonst nicht.

„Und so mag ich dich", hauchte ich und griff zupfend an seine Arbeitskleidung.

Mit einem Schwups drehte er mich mit dem Gesicht Richtung Wand und atmete in meine nassen Haare. Seine Hände spürte ich überall. Meine Bluse, der Hauch von Nichts, streifte er mir über den Rücken nach unten. „Die brauchen wir nicht." Mein Höschen riss er gekonnt mit seinen starken Händen auseinander. Ich war so geflasht und hatte bereits wieder Schnappatmung, konnte gar nicht reden. „Und das Höschen brauchen wir auch nicht", und griff mir mit diesen Worten zwischen die Beine. Ich war schlagartig so feucht, dass er mit Stöhnen seine Freude über den feuchten Fund in mein Ohr hauchte. Ich wollte mich zu ihm drehen, ihn küssen, aber das ließ er nicht zu und drückte mich immer wieder mit seinem muskulösen Körper an die Wand. Seinen Freund spürte ich durch die Arbeitshose. Er rieb ihn an mir, dass ich wahnsinnig vor Gier wurde und genau das wollte er.

Nach ein paar Minuten drehte er mich herum und schmiss mich über seine Schulter. Intuitiv lief er in Richtung Küche. Gut, dass ich im Voraus schon alle Gardinen zugezogen hatte. Er legte mich sehr vorsichtig auf dem Küchentisch ab und streifte mit seinen Händen über meine Brust, knetete sie vorsichtig und baute sich dann vor mir auf. Ich wollte mich aufrichten, aber er gab mir mit einer Handbewegung zu verstehen, dass ich liegen bleiben soll. Ich fühlte mich leicht ausgeliefert, mochte es aber zugleich, denn ich genoss es einfach genommen zu werden, ohne viele Worte, einfach nur so. Tristan stand vor mir, leicht erhobenen Hauptes, und begann sehr hektisch an seinen Klamotten zu rupfen, sich zu entkleiden.

„Ja, zeig ihn mir", sagte ich sehr leise. Und mein Wunsch wurde erfüllt. Zuerst fiel seine Jacke gen Boden, dann sein T-Shirt. Diese Muskeln, der Wahnsinn, alles sehr fein proportioniert, genau da, wo es hingehört. Dann begann er sehr langsam, seine Hose zu öffnen. Ich wusste, was sich darin befand, aber trotz meines Wissens machte es mich wahnsinnig, IHN wiederzusehen und zu spüren. Die Hose glitt zu Boden und die Sicht war frei. Er trug keine Boxershorts.

Was ein Prachtexemplar, meine Augen liefen über. „Gib ihn mir", flehte ich.

„Gleich, erst muss ich dich probieren", und sein Kopf verschwand zwischen meinen Beinen und es dauerte keine zwei Minuten, da explodierte ich wie ein Vulkan. Mit welch geiler Technik er seine Zunge einsetzte, unglaublich. Langsam wanderten seine Finger zu meinem Hintereingang und begannen mit einer festen Massage, innen wie außen. Erst ein Finger hinein, dann zwei. Wie fein er mich auf den eigentlichen Akt vorbereitete. „Es soll dir ja nicht wehtun, bleib ganz entspannt liegen", waren seine zärtlichen Anweisungen und ich tat, wie mir befohlen wurde. Ich blieb liegen und genoss jegliche Berührung von Tristan. Das Baby-Öl, welches ich vorher aus dem Schrank genommen und bereitgestellt hatte, nahm er und verpasste mir zwei kleine Spritzer und massierte weiter. Meine Augen konnte ich nicht öffnen, obwohl ich ihn so gerne ansah, aber der Genuss war so intensiv. Meine Sinne schluckten jede Bewegung, die er mir entgegenbrachte. „Bleib ganz locker." Und während dieser Worte führte er seinen Freund hinten ein, vorsichtig, Stück für Stück, bis er merkte, dass der Widerstand durchbrochen war. Und er wurde rhythmisch, in einer Art, so liebevoll, zart und innig.

Aber dabei blieb es nicht. „Ich will dich, heftiger", stöhnte er. Mir war es recht, ich bin für die härtere Gangart und so wurden seine Stöße immer schneller, tiefer und vor allem härter. Noch nie war jemand so tief in meinem Hintereingang, aber es war toll. Und ich kam mit ihm, in Wellen, wieder und wieder. Sein Gesicht verzerrte sich und ich merkte in mir, wie sein Freund größer wurde und er explodierte mit einer solchen Wucht, dass Tristan sich konzentrieren musste, das Gleichgewicht zu halten. Das Knittergesicht blieb noch einen Moment. Ich mag es sehr, die Männer während des Höhepunktes zu beobachten. Den Genuss in mich mit Bildern aufzusaugen. Nach einer Weile, glätteten sich seine Gesichtszüge wieder, aber er steckte noch immer in mir. Mit meinem Gesäß massierte ich seinen Freund noch ein wenig. Seine Augen geschlossen, mit sehr entspannter Miene, stand er vor mir. Ich erhob mich mit meinem Oberkörper, umarmte und küsste ihn.

„Au man", sagte er leise in meine immer noch nassen Haare.

„Was meinst du mit -au man-?", fragte ich leise.

„Das war geil. So zu ficken ist einfach geil", antwortete er mir.

„Ja, das stimmt", flüsterte ich in sein Ohr.

Ob wir wollten oder nicht, aber wir mussten uns voneinander trennen, denn sein Freund wurde kleiner und ich hatte keine Lust darauf, ihn unkontrolliert zu verlieren. Mit enormer Vorsicht, gekonnt, trennte er uns und ich meldete kurz an, dass er gerne mit mir ins Bad kommen könne, um mit mir zu duschen. Tristan sah mich einen Moment leicht versteinert an und sagte: „Nein, mach du mal." Ich dachte, dass wir auch diesen Moment teilen, aber selbstverständlich hatte ich Respekt davor, dass er nicht mit mir ins Bad wollte und machte mir auch nicht wirklich Gedanken darüber und verschwand ums Eck ins Bad. Als ich wieder in die Küche kam, stand Tristan vor mir, komplett angezogen und sah startklar aus.

„Lass uns noch eine rauchen, dann muss ich los", sagte er entschlossen.

„Okay", bestätigte ich. Zu mehr Gerede hatte ich jetzt in dem Moment meines Genusses nicht die Kraft. Dann war es so, dass er wieder fährt. Traurig war ich dennoch.

Die Zigarette war fix geraucht und Tristan nahm mich in den Arm und drückte mich. „Ich muss los."

„Ja, leider", war meine traurige Antwort.

Ein kleiner inniger Kuss, und Tristan verschwand durch die Tür. Ich wollte ihm noch sagen, wie sehr ich mich in ihn verliebt habe, aber er ging so schnell.

Den Parkplatz verlasse ich viel zu schnell, weine und suche nach Antworten.

Alles vorbei? Es scheint so und ich weiß nicht, warum. Bin ich nervig? Bin ich penetrant? Oje, ich glaube, ich brauche Hilfe.

Was habe ich getan?

Darf Tristan so mit mir umgehen?

Ich finde keine Antworten.

Der Motor heult auf, denn ich habe zu viel Gas gegeben. Ich fahre dieselbe Strecke vom Parkplatz weg, wie ich gekommen bin, mittlerweile ist es dunkel und es regnet heftig, sodass ich kaum die Straße sehen kann, denn die Scheinwerfer an meinem Auto sind nicht die besten. Letztes Mal fuhr Tristan vor und so konnte ich sicher, wenn auch etwas flott, hinter ihm herfahren.

Alle möglichen Gedanken streifen durch meinen Kopf und werden von meinem Hirn nicht verarbeitet und nicht bewertet. Was würde passieren, wenn ich jetzt nicht heimkomme? Wer würde sich um meine

Hundedame kümmern? Was wird aus Mattis? Was passiert mit meinem Haus? Ich habe ein Testament geschrieben und Mattis hat auch eine Kopie im verschlossenen Umschlag, aber, habe ich an alles gedacht, was mir wichtig ist? Eltern habe ich nicht mehr und Geschwister gab es nie welche. Was wird aus meinem Sohn? Würde er damit klarkommen, dass ich nicht mehr da bin? Irgendwann wird diese Situation ohnehin eintreffen. Er ist ja abgesichert durch meine zwei Lebensversicherungen. Was mir für Gedanken durch den Kopf gehen.

Ich habe das Gefühl, dass die Straße langsamer an mir vorbeiläuft, als ich fahre. Die Umgebung nehme ich nicht wirklich wahr, alles zeigt sich mir wie durch einen Schleier.

Wenn jetzt auf einmal alles vorbei wäre, ich nicht mehr da bin, würde es Tristan schocken? Wäre er traurig? Ich weiß es nicht und mein Hirn sagt mir immer noch -game over-.

Die Brücke zum nächsten Ort kommt in drei Kilometern. Sie wurde damals, vor zwanzig Jahren, gebaut und gilt mit ihren achtundzwanzig Metern zu einer der höchsten Brücken, die wir hier in der Gegend haben. Schon weit vorher ist die Geschwindigkeit auf 50 km/h beschränkt, weil vier Menschen dort mit ihren Autos in den Tod gefahren sind. Für mich in der gegenwärtigen Situation nicht erschreckend. Zu meinem Verwundern ein aktuell angenehmer Gedanke, der sich dahin gehend ausweitet, dass ich darüber nachdenke, ob die vier Menschen in einer ebenso ausweglosen Situation gewesen sind, wie ich mich aktuell befinde. Vielleicht mit anderen Problemen als einer Affäre, in der ich mich verliebt habe, aber bestimmt auch ausweglos. So sehe ich meine Situation, ausweglos.

Ich gebe Gas, höre den Knall beim Durchbrechen der schrägen Leitplanke und fliege, mein Gehirn schaltet endgültig ab.

Die Tür zu meinem Krankenzimmer öffnet sich und eine Krankenschwester, die ich bislang nicht kenne, kommt mit einem Tablett herein. Mein Reisewecker zeigt 07:45 Uhr in der Digitalanzeige.

„Guten Morgen. Frühstück. Alles gut?", fragt sie mit schwungvoller Stimme.

„Ja, danke, alles gut", antworte ich ihr, immer noch vorsichtig mit meiner Sprache. Mir gefällt es so leise und bedacht zu reden und ich glaube, das behalte ich bei. Unfälle verändern Menschen.

Seit mittlerweile drei Wochen liege ich hier im Krankenhaus. Nach ein paar Tagen haben mich die Schwestern in ein komfortableres Zimmer verlegt, nachdem Mattis sie darauf aufmerksam gemacht hat, dass ich eine private Zusatzversicherung habe und Anspruch auf ein anderes Zimmer habe. Mir war es vollkommen egal, Hauptsache mir wurde und wird geholfen. Mir wäre es wirklich egal, in welchem Zimmer ich liege. Ich lebe noch und das habe ich den Ärzten zu verdanken, da ist das Zimmer doch nebensächlich. Aber

Mattis bestand darauf. Nach diesem Zimmer-Hin-und-Her haben wir uns genau deswegen verkracht und er ist schon seit einigen Tagen nicht mehr hier gewesen, schreibt keine SMS mehr, ruft nicht mehr an. Ich bin nicht traurig darüber.

Hier in dem neuen Zimmer ist alles in hellem Holz gehalten, gepolsterte Stühle, ein Komfortbett, welches bestimmt von allein fahren kann, helle Farben an den Wänden in zartem Gelb und mit einem sehr charmanten Orange abgesetzt, aber in Harmonie mit dem Holz. Die Sitzpolster der zwei Stühle besitzen ähnliche Farbtöne. Das Zimmer ist viel größer, als das andere, in dem ich vorher lag, inklusive eines kleinen Bades, welches ich mittlerweile auch benutzen kann. Sogar die Dusche habe ich schon in Anspruch genommen. Meine Verletzungen heilen und ich denke, dass ich in ein paar Tagen nach Hause gehen kann. Dr. Asland hat sich dazu nicht geäußert. Mein Gesicht nimmt wieder Normalität an. Als ich einen Tag nach dem Erwachen in den Spiegel geschaut habe, hat mich fast der Schlag getroffen. Mittlerweile ist alles gut verheilt und ich kann auch wieder normal sehen. Mein Arm bereitet mir noch Probleme, aber das Bein heilt gut. Erneut geht die Tür auf und Dr. Asland kommt herein.

„Guten Morgen, Lydia", sagt er mit ruhiger freundlicher Stimme.

„Guten Morgen Tom", antworte ich wieder leise. „Hast du heute Frühdienst?", will ich wissen, denn er sieht müde aus und wahrscheinlich hat er gestern wieder mal zu lange gearbeitet, wie so oft. Und das tat mir leid.

„Ja, ich bin eben erst gekommen. Wie geht es dir?",
fragt er jeden Morgen, aber bei ihm klingt es aufrichtig. Es interessiert ihn wirklich.

In den drei Wochen Klinikaufenthalt haben wir uns
angefreundet und ich habe ihn irgendwann gebeten,
dass er mich bitte beim Vornamen nennen möchte und
er schlug daraufhin prompt vor, dass ich ihn Tom nennen solle. Soweit entfernt mit dem Alter wären wir ja
nun nicht, war seine Aussage mit einem breiten Grinsen. Ich weiß nicht, wie alt er ist, ich schätze ihn Mitte
fünfzig. Die Begegnungen mit Tom sind sehr höflich,
respektvoll und freundlich. Ich mag ihn, seine Art sich
zu kleiden, zu reden, zu lachen, zu arbeiten, soweit
ich das beurteilen kann, mit anderen Menschen umzugehen, seine Intelligenz. Und ich glaube, er mich auch,
ich weiß es aber nicht, es macht zumindest den Eindruck. Wenn er Dienst hat, kommt er oft in mein Zimmer, einfach nur um -Hallo- zu sagen. In der Zeit, als
ich schlecht aufstehen konnte, kam er noch häufiger
und fragte mich, ob ich etwas brauche.

Vor drei Tagen kam er in mein Zimmer mit einem
Rollstuhl und meinte ganz spontan, dass ich jetzt in
seiner Pause mit ihm in die Cafeteria gehen muss ...
hahaha ... ich und gehen und ich musste lachen. Der
Flurfunk berichtet, dass es dort frisch gebackenen Käsekuchen vom Konditormeister persönlich gibt und
den müsste ich unbedingt probieren, das sei der Hammer.

Ich möchte mir nichts vorstellen oder einreden, aber
er tut mehr für mich als nur ein Arzt für einen Patienten. Ich genieße das sehr und bedanke mich ständig

bei ihm, denn all das ist nicht selbstverständlich. Allerdings fordere ich nichts, ich dränge mich nicht auf oder rücke mich bei ihm in den Vordergrund.

Der Unfall, den ich ja selbst herbeigerufen habe, zeigt mir mit absoluter Klarheit, dass sich mein Leben verändert, dass ich auf mein Gehirn hören werde, wenn es sich denn überhaupt noch mal meldet. Das empfinde ich für gut, für richtig gut, neue Wege zu gehen, andere Perspektiven zu erhalten.

Wer weiß, vielleicht beginne ich ja doch noch zu studieren.

Fortsetzung folgt ...

ANMERKUNG
der Autorin

Die Charaktere und die Handlung sind frei erfunden.
Eventuelle Ähnlichkeiten sind Zufall.
Es gibt bestimmt Menschen, denen es ähnlich wie
Lydia und Tristan ergeht.